KiWi

Paperback

KiWi

671

Über das Buch:
»Ich liebte die britische Armee, weil sie diese wunderhübsche, bewaldete Hügellandschaft, in deren Mitte wir hier alle lebten, mindestens zweimal im Jahr mit ihren Panzern und LKWs zu Klump und Kleinholz fuhr. Morsche Zäune wurden einfach überrollt. Scheunen, die bereits Anzeichen von Antik-Look hatten, überfahren und erschossen. Die Briten machten auf Ernstfall. Das gefiel mir. Es gefiel mir, dass sie Gartentürchen eintraten, wenn sie klemmten.« Manöverschäden und andere Kleinstkriege, Provinz und Pubertät – vier Jungs erzählen von ihrem Aufwachsen im ostwestfälischen Nirgendwo, von strippenden Schwestern und frierenden Mofas, vom Maulwurftöten und Molchessen, von verkorksten Weihnachsbaumschonungen und verkorksten Lebensentwürfen. Die vier vom »Hang der Versager« haben es nicht leicht, aber immerhin gibt es eine elektrische Gitarre im Ort – die wird regelmäßig weiterverkauft, mitsamt den Griffen von *Smoke on the Water.*
Komisch, grotesk und liebevoll entwirft Jürgen Noltensmeier in 15 Short-Cuts ein Bild des Provinzlebens in den siebziger Jahren. Ein Bericht von westfälischem Wahnsinn und kleinen Fluchten, tragikomischen Abenteuern und heldenhaften Niederlagen. Es bleibt die Frage: Kann man dem Schicksal seiner Herkunft entkommen?

Über den Autor:
Jürgen Noltensmeier, 35, Schriftsteller, Maler und Musiker. Studium der Malerei in Hamburg und Glasgow, seit 1996 Mitinitiator diverser Literaturshows in Hamburg, Berlin und Leipzig. *Geburtenstarke Jahrgänge* ist sein erster Roman.

Jürgen Noltensmeier

Geburtenstarke Jahrgänge

Roman

Kiepenheuer & Witsch

1. Auflage 2002

Umschlaggestaltung: Barbara Thoben, Köln
Umschlagfotos: © Gustav Klemme
Gesetzt aus der Scala
Satz: Pinkuin Satz und Datentechnik, Berlin
Druck und Bindearbeiten: Clausen & Bosse, Leck
ISBN 3-462-03093-0

Dank an:
Lars Dahms, Edition 406 (Dierk, Tina),
Tobias Hülswitt, Ilses Erika/Leipzig,
Izy Kusche, Christine Neuhaus, Anke Stelling

Inhalt

Ingo Korf:

Hang der Versager

Die Häuser standen wahllos am Hang. Wie hingeschissen. Einige hatten eine eigene Zufahrt. Am Ende mancher Zufahrtswege standen zwei oder drei Häuser. Ein paar Häuser hatten ihre Eingangstür direkt an der Straße, und jeder, der vorbeiging, konnte ins Fenster spucken, wenn eins offen stand. Aber es waren üblicherweise Gardinen davor, man rotzte ja in die Gardine und nicht ins Haus selbst. Wir haben das manchmal gemacht. Ist bloß Spaß gewesen.

Die Häuser sahen alle verschieden aus. Man konnte gar nicht von einer Siedlung sprechen, nicht mehr, 'n paar hundert Jahre früher war das bestimmt alles mal als Siedlung gedacht gewesen, aber dann ... Unter Siedlung hatte man sich doch wohl eine gewisse Regelmäßigkeit vorzustellen, gleiche Zäune, gleiche Neigungswinkel der Dächer, gleiche Dachpfannenfarbe. Alles gebaut wie nach einem Reinheitsgebot für Häuser. Aber so war das hier nicht, es gab höchstens mal Moden: ähnliche Büsche, Tannen, ähnlicher Fensterschmuck, Pflastersteine, Jägerzäune ...

Wenn ein Haus kaputt war, wurde geflickt oder abgerissen und ein anderes hingebaut. Manche Häuser waren verklinkert, manche mit Schieferplatten benagelt, manche restauriert, auf Hochglanz-Antik getrimmt, und manche gammelten so dahin. Die wären zusammengefallen, hätte man drinnen die Tapeten entfernt. Gesiedelt haben wir auch nicht, wir waren einfach alle da.

Wir waren eine Bande. In den meisten Häusern hier wohnte mindestens einer von uns. Altersmäßig waren wir alle etwa gleich. Muss irgendwas in der Luft gelegen haben, dass sich unsere Eltern so um neunzehnfünfundzechzig bis neunundsechzig alle mit der Zielsetzung Nachwuchs die Nächte um die Ohren geschlagen haben. Richerts hatten plötzlich Diana, und danach ging fortpflanzungstechnisch die Post ab. Wir gehörten alle zusammen, weil wir am gleichen Ort lebten. In den anderen Wohngebieten war das auch so, und wenn dann Sportfest war, spielten zusammengewürfelte Wohngebietsmannschaften gegeneinander. Braucht man wohl nicht drauf hinzuweisen, dass die vom Hang, also unsere, dass die immer verloren haben. Hang der Habichte, so hieß das hier. Habichte gab es allerdings keine mehr. Die letzten beiden ausgerottet neunzehnzweiundsiebzig. Abgeschossen und ausgestopft. Das hatte sich allerdings zufällig ergeben. Die Bisamratten waren schuld, die sollten nämlich ausgerottet werden, in staatlichem Auftrag. Für den Schwanz einer Bisamratte gab es auf der Gemeinde fünf Mark. Alle, die 'ne Flinte hatten, kamen und versuchten, sich Taschengeld zu schießen. Die standen am Wasser, und wenn sich was bewegte, brodelte sofort der ganze Fluss von den Einschüssen. Gelegentlich wurde dabei auch 'ne Bisamratte erwischt.

Ich habe die meisten Ratten rausgefischt und ihnen die platten Schwänze abgehackt. Mit 'nem Beil. Wir sind dann mit dem Zeug zum Amt gefahren und haben alles abgegeben. In einer Plastiktüte.

»Tach, Herr Schreibtischtäter«, hat mein Vater gesagt, und der hat sich dann Gummihandschuhe übergezogen und die Rattenschwänze durchgezählt. Zwei Mal. Dann wurde bezahlt, bar mit Quittung. Auf der Quittung stand: Soundso viel Mark für Maßnahmen zum Landschafts- und Gewässerschutz. Nach einem halben Jahr gab es keine Bisamratten mehr, aber das war ja auch der Zweck des Ganzen. Die gehörten angeblich nicht hierher, die bauten Staudämme und höhlten die Ufer aus, sodass der Fluss immer breiter und flacher wurde. Aus Nordamerika wären die eigentlich, erzählte unser Nachbar Teutschmann mal. Die hätten sich auf ein Schiff geschlichen, wären in die Tschechei gefahren, und dann hätten sie sich überlegt, schwimmen wir mal nach Deutschland.

Damals brauchte man für ein Kleinkalibergewehr keinen Waffenschein. Na, so muss das dann wohl gekommen sein. Langeweile, weil keine Bisamratten zu sehen waren, kurz mal nach oben geguckt. Habichte? Na, warum nicht – tack-tack, sagt die Flak.

Der Ortsverein hat später den Flusslauf begradigen lassen, erst haben sie Stahlstangen ins Wasser gehauen, genau ausgemessen, dass der Fluss überall etwa gleich breit ist, dann Schalbretter dran, anschließend alles mit Steinen angefüllt, die die Bauern auf den Feldern aufgesammelt hatten, zum Schluss Beton draufgegossen.

Über fast einen Kilometer hatte der Fluss danach auf beiden Seiten diese Betonfußwege, und schneller fließen als vorher tat er auch. Da fühlen sich Bisamratten sowieso nicht wohl. Dafür ist da aber auch mal ein Kind ertrunken, weil es reingefallen ist und nicht mehr rausgekommen.

»Verlust ist immer«, hat der Teutschmann dazu gesagt, aber der hatte gut reden, der hatte keine Kinder.

Wir von der Gang hatten Geheimnisse. Wir schworen uns, sie niemandem zu erzählen. Zum Beispiel von der Sache mit der Schokolade. Wenn ich jetzt allerdings sehe, dass aus keinem von uns was geworden ist, wenn ich sehe, dass wir nur irgendwie weitergelebt haben, ohne dass man sagen könnte, *wow*, der oder der oder die hat es aber zu was gebracht, da finde ich, kann ich ruhig von der Sache mit der Schokolade erzählen. Vermutlich haben es die anderen auch längst getan. Das Schweigen war schließlich nur dazu gedacht, dass wir uns nicht die Zukunft versauen, aber da kommt jede Hilfe zu spät.

Unserem Haus direkt gegenüber stand die Villa von Erdmanns. Das Haus lag höher als die anderen, und es gehörte ein extra Gartenhaus dazu, das wir, die Gang, als unser Clubhaus nutzten. Da saßen wir rum und ließen uns Quatsch einfallen, zum Beispiel einen Namen. Wir nannten uns TVP, *Tennessee Valley Project*. Bescheuert, was? Aber immerhin englisch. Im Clubhaus kam uns auch die Idee mit der Schokolade, obwohl, sie war nicht so richtig von uns. Andreas Erdmann wohnte in der Villa. Er war nicht angesagt. Auch in der Schule nicht. Im Laufe seines Lebens wird sich das vermutlich geändert haben. Keine Ahnung, kein Kontakt mehr. Seine Qualitäten waren was für andere Lebensabschnitte als den, in dem wir uns damals befanden. Aber bei uns war's egal, ob jemand *in* oder *out* war. Wer *out* gewesen ist, gehörte eben als Außenseiter dazu, zum Draufrumhacken, Ärgern, Sich-drüber-lustig-Machen.

»Was soll das eigentlich immer?«

»Du bist Scheiße, Andreas!«

»Warum denn ausgerechnet ich?«

»Nur so.«

»Wie, nur so?«

»Na, nimm zum Beispiel mal deinen Anorak, der ist braun.«

»Ja und?«

»So was geht nicht!«

»Das ist der Grund – mein Anorak?«

»Deine Schuhe auch. Und schau mal dein Gang, du rollst gar nicht den ganzen Fuß ab, du latschst wie ein Clown, setzt immer den ganzen Fuß auf einmal auf, als ob du dir die Absätze nicht ablaufen willst.«

»Was soll ich denn deiner Meinung nach tun?«

»Nichts, dagegen kannst du nichts tun.«

Andreas war zwar derjenige von uns, der in einer Villa wohnte, aber, man merkt es schon, am Hang der Habichte bedeutete so was überhaupt nichts. Wenn man mal drin war, sah es sowieso nicht mehr nach Villa aus. Die Decken waren abgehängt, damit die Wohnzimmerschrankwand nicht mickrig wirkte. Da hätte noch 'ne Familie zwischen Decke und Zwischendecke wohnen können. Die Fenster waren jedenfalls hoch genug dafür. Ganz früher haben in der Villa Juden gewohnt. Nach dem Krieg wohnten da dann kurz andere Leute und danach halt Andreas' Eltern. Die stammten aus Lage: Städter. Städter waren am Hang sowieso unbeliebt. Der Alte war auch bloß Schlosser.

An die Villa waren zwei verklinkerte Betonklötze drangesetzt, so genannte Anbauten. Anbauten waren im Allgemeinen entweder für Großeltern oder für Mieter. Holger Dorfsteckers Eltern waren die Mieter. Holger war Kult. Die Mädchen fanden ihn gut. Er hatte lange, braune, gelockte Haare und eine E-Gitarre, auf der er *Smoke on the Water* spielen konnte, und zwar so, dass es überall zu hören war.

Die Gitarre war irgendein asiatischer Hobel. *Yamato* stand auf der Kopfplatte. Die wurde immer weiterverkauft im Ort. Holger hatte sie für 300 Mark von Frank Burda. Der hatte ihm auch gleich *Smoke on the Water* gezeigt. Guido Baumann kaufte sie für 200 Mark, lernte *Smoke on the Water*, danach kaufte ich sie für 150 Mark und lernte auch erst mal *Smoke on the Water*. Ich verkaufte die Gitarre nicht weiter.

Bei Holger schlossen wir uns, wenn es im Clubhaus zu kalt war, im Zimmer ein und besoffen uns mit Apfelkorn. Wenn die Flasche leer war, kotzten wir überallhin. Unter den Teppich, unters Bett, in den Papierkorb, ins Radio. Es war so ein altes Röhrenradio von Grundig, groß wie 'ne Wäschetruhe. Es musste nach dem Anschalten immer erst ein paar Minuten warm laufen, bis sich langsam der Ton aufbaute. Hinten war so eine Art Verschluss, wenn man den zur Seite bog, konnte man die Papprückwand rausnehmen. Das ging schnell: auf, kotzen, zu. Holger weiß bis heute nichts davon. Vor allem Guido und ich haben immer gerne in sein Radio reingekotzt. Die Kiste funktionierte trotzdem weiter, und es klang sogar gut.

Manchmal kotzten wir lieber aus dem Fenster raus. Andreas hat natürlich nie mitgemacht. Schließlich war es das Haus seines Vaters, und ich weiß auch nicht, ob es Verantwortung war oder Angst. Wenn wir uns bei Holger besoffen und aus dem Fenster kotzten, rannte Andreas raus, nahm 'nen Schlauch und spritzte die Wand sauber. Er spritzte auch gnadenlos auf uns, sogar ins Zimmer rein. War ihm alles egal. Unter anderem auch deshalb war Andreas *out*. Kotze von der Wand abwaschen, damit machte man sich keine Freunde.

Letztes Jahr habe ich Holger auf einem Fest getroffen. Kult ist der jetzt nicht mehr. Ich hatte mir schon gelegentlich ausgemalt, wie das wäre, den mal wieder zu treffen, und wie der wohl aussehen würde, und ich hatte mir auch schon gedacht, dass er sich Richtung normal entwickelt haben müsste, sprich: Haare kurz. Aber, lieber Himmel, das war ja der reinste Totalverlust der Persönlichkeit. Dem waren die meisten Haare ausgefallen, der sah aus wie'n Rentner, und verheiratet war er obendrein auch noch.

»Hey, Korfi, alte Socke, weißt du noch, wie wir damals immer aus dem Fenster gekotzt haben?«

»Klar, ich war zwar breit, aber das werde ich nie vergessen, das ist quasi Geschichte.«

»Das waren super Muster auf der Wand, das war Kunst!«

»... und dann kam immer Andreas.«

»Ja, der hat das irgendwie nicht verstanden, worum es uns damals ging.«

Eh ich's vergesse, Holger trug einen Säugling auf dem Arm. Der Säugling erbrach sich lautlos und cremefarben über Holgers Schulter auf den Jackettrücken. Holger merkte es nicht, oder es war ihm egal, na ja, war auch wirklich kein cooles Jackett. Er redete immer weiter von der scheiß alten Zeit.

»Mensch, Korfi, du hier, und du hast dich überhaupt nicht verändert.«

»Tja, Holger, von dir kann man das ja nicht gerade behaupten.«

Eine Pause entstand, weil, so viel war in der alten Zeit nun auch wieder nicht passiert.

»Sag mal, hast du eigentlich noch dieses Röhrenradio?«

»Aber sicher!«

»Geht das noch?«

»Wieso, willst du es kaufen?«

»Bloß nicht!«

»Geht garantiert noch, wie eh und je.«

»War's denn mal zur Reparatur?« Da wäre ich gerne dabei gewesen, wenn ein Monteur das aufmacht.

»Nee, war nicht zur Reparatur.«

Ich kontrollierte, ob nicht einer der Umstehenden zuhörte, und fragte leise: »Die englischen Soldaten, die ihr ... jemals was gekommen?«

»Nix!«

Ich nickte und grinste, dachte allerdings sofort: Grinsen ist unangemessen.

»Komm doch später mit zu uns, lern meine Frau kennen. Ich schenke dir das alte Radio, benutze ich sowieso nie.«

»Och nö. Tschüs, Holger.«

Hinten links wohnte Achim Schnuelle. In einem Fachwerkhaus. Das Haus lag höher als die Erdmannvilla. Es war eins von den Häusern mit eigener Zufahrt und lag ein wenig abseits. Achim kam überhaupt nicht damit klar, in einem Fachwerkhaus leben zu müssen. Er versuchte deshalb, so zu wirken, als würde er in einem Neubau wohnen. Mal plante er, Architekt zu werden, dann war er plötzlich Sprayer, irgendwann wollte er Astronaut werden. Er legte sehr viel Wert darauf, nicht auszusehen wie ein Fachwerkhausbewohner: keine Latzhosen, keine Birkenstock-Sandalen, keine Halstücher, nichts Kariertes, Halbschuhe immer auf Hochglanz.

Als wir in der neunten waren, hat er Britta erzählt, er wolle einen Science-Fiction-Film drehen, und so eine wie sie suche er noch für die Hauptrolle, nicht so ’nen Hungerhaken, sondern eine mit ’nem bisschen was Weichem, und außerdem sei ihr Gesicht schwer einzuordnen, das würde ihn antörnen, das bräuchte sein Film, denn, was ihn antörnte, das würde ja dann auch die Zuschauer antörnen. Auf ’ner Party in unserem Clubhaus war er dann plötzlich mit ihr verschwunden, und man hörte beknackte Geräusche von da, wo immer das abgemähte Gras hinkam. Der dachte, er wäre jetzt cool, aber für uns war er danach megaout. Ausgerechnet Britta, das war schon beinahe kriminell. Die hat das doch gar nicht verkraftet, dass einer was von ihr wollte. Die war wirr im Kopf, strenge Eltern, ätzender Bruder. Und dann dieses Gequieke, vielleicht war es ja sogar von ihm. Achim lag danach noch hinter Andreas. Auch als er nach der Schule nach Berlin ging, was damals *in* war und normalerweise Bewunderung hervorrief. Der ist schließlich nur dorthin, um sich vor der Bundeswehr zu drücken und weil er nicht genug Courage hatte, zu verweigern. Als er in den Zug stieg, hat er zu seinen Eltern gesagt: »Und wisst ihr was, in Berlin gibt es keine Fachwerkhäuser.« Er muss da wirklich drunter gelitten haben. Irgendeinen Dreck studierte er und wurde Mitglied in einer schlagenden Verbindung. Als ich ihn ein paar Jahre später nochmal sah, hatte er einen Seitenscheitel und lauter Schmisse in der Fresse. Er fand das speziell und nahm außerdem auch noch das Kinn hoch. Aber die Schmisse, die sahen aus wie Fachwerk. Ich hab vielleicht gelacht. Soweit ich weiß, ist er heute Filialleiter in einem Aldi-Markt in Wilmersdorf. Auch nicht gerade der Kosmos.

In der Villa wohnte noch Sven, der drei Jahre jüngere Bruder von Andreas. Er zog auch manchmal mit uns rum. Einmal waren wir im Wald, und Sven musste kacken. »Ich muss Kacka, Andreas.« Der sagte Kacka. Andreas sagte das auch, Kacka. Die hatten's von der Mutti, denn die sagte es ebenfalls, Kacka. Da ist doch alles verloren, wenn einer nicht mal sagen kann: »Ich muss kacken«, sondern so verhutzelt: »Ich muss Kacka«, als ob das was Schlimmes wäre, etwas, was man eigentlich nicht darf.

»Andreas, ich muss Kacka.«

»Dann mach doch!«

»Ich will aber nach Hause, ich will aufs Klo!«

»Dann geh doch!«

»Das schaffe ich aber nicht mehr, das ist zu weit!«

»Geh da hintern Baum.«

»Da kann ich nicht!«

»Musst du aber.«

»Nein.«

»Doch.«

»Ich versuch's einzuhalten!«

»Okay, mach das.«

»Es geht aber nicht!«

»Ach, Schnauze!«

Nachdem alles raus war, zog er sich die voll gekackten Klamotten aus und bewarf uns mit seinem Kot. Wir rannten weg, er hinter uns her, die Hose in der Linken, die Unterhose in der Rechten. Er brüllte und heulte und hatte noch stärkeren Speichelfluss als sonst. War ein Kieferschaden oder so. Sein Pimmel wippte im kalten Novemberwind. Er kriegte uns nicht.

Sven ist heute arbeitslos, wohnt wieder zu Hause. Hat 'ne Mietpartei aus einem der Anbauten gedrängt. Ist ja klar, welche, die Familie von Holger. Die alten Bande sind nichts wert, so einfach ist das. Sven macht so Sachen wie Einkaufen, Rasenmähen. Studiert hat er auch. Frag mich mal wozu. Da kann einer studieren, was er will, wenn er aussieht wie Sven. Tut mir ja auch Leid, aber so ein bisschen Fähigkeit zur Selbsteinschätzung sollte doch dazugehören, oder? Ich will ja auch nicht Präsident werden.

In dem kleinen, roten Haus mit der steilen Zufahrt wohnte Henning Richert. Die Zufahrt war so steil, dass man ihn ungern besuchte. Henning selbst ging auch nicht gern weg. Runter war ja noch okay, aber hinterher wieder rauf, da hatte er genauso wenig Bock drauf wie wir. Mit Henning telefonierte ich viel. War ja auch die Zeit, als ein Ortsgespräch zwanzig Pfennige kostete, egal, wie lang es dauerte. Glaubt einem heute niemand mehr. Richerts Haus war eigentlich auch ein Fachwerkhaus, das dann aber mit dunkelroter Klinkerimitationsteerpappe verkleidet worden war. Das war in den Siebzigern so 'ne Art Epidemie, draußen was dranzuknallen, das nach was ganz anderem aussah. Henning war ständig krank. Wir telefonierten dann, damit er erfuhr, was in der Schule abging. Manchmal war er allerdings auch selbst anwesend. Er wurde oft gefragt, ob er neu sei. Von den Lehrern. So 'nen besonderen Geruch hatte er. Vor allem die Mädchen fanden das. Kann sein, dass die wirklich die besseren Nasen haben. Die, die in der Schule um ihn herumsaßen, hatten sich meistens ein Stück Seife zwischen die Finger geklemmt, hielten sich die Hand vors Gesicht und atmeten an der Seife vorbei, und auf Klassenfahrt kauften wir immer Deo, finanziert aus der Klassenkasse, um nachts, wenn Henning schlief, seine Klamotten damit einzusprühen. Das war zwar auch nicht Seeluft, aber immer noch besser als Henning selbst. Henning kam, obwohl er ja fast nie in der Schule war, im Unterricht gut mit. Er wurde später CDU-Mitglied. Das kam unerwartet, weil eigentlich klar war, dass man, wenn man überhaupt irgendwas war, dann doch wohl links, dagegen, Revolution, Demo, Anstecker und keine Angst vor der RAF, die schossen schließlich nur welche in höheren Positionen ab.

Henning hat 'ne Tischlerlehre gemacht. Arbeitet jetzt im Baumarkt an der Säge. Kann man auch nicht gerade groß rausgekommen nennen. Aus dem roten Haus ist er nie ausgezogen. Die Eltern haben den Dachboden ausgebaut, da konnte er dableiben. Wollte einfach nicht die steile Auffahrt runter, der Junge.

Seine etwas ältere Schwester, Diana, wurde mit siebzehn schwanger und verschwand vom Hang, ehe das Kind da war. Die war eigentlich ganz in Ordnung und außerdem frühreif, zog sich gelegentlich für uns aus, damit wir mal sehen konnten, was an 'ner Frau so dran ist und was nicht. Sie lackierte uns die Fingernägel. Die lackierten Fingernägel waren das Zeichen unserer Bande. Wenn man es mal ganz krass ausdrückt, könnte man sagen: Erdmanns Gartenhaus war ein Stripschuppen für Kinder.

Direkt neben dem Haus, in dem ich damals lebte, also so etwa fünfzig Meter Luftlinie, war die alte Mühle mit der Zimmerei. Dort wohnte Arnulf Sasse. Arnulf war auch nicht links, Arnulf war Wehrmachtsfreak. Es fing mit Plastiksoldaten an; er kaufte nur deutsche. Später auch Flugzeuge und Panzer. Nur deutsche, und nur aus den dreißiger und vierziger Jahren. Amerikaner hasste er, »die haben uns den Endsieg vermasselt!«

Der, in seinen Augen, größte Idiot weit und breit war Norbert Kotzolt, der auf der anderen Seite des kleinen Flusses wohnte, weswegen er nicht zu uns gehörte. Der schmiss nämlich manchmal Erdklumpen und Steine rüber und flog mit amerikanischen Flugzeugen rum. Musste irgendwie Vererbung sein oder so was. Die Mutter von Norbert zum Beispiel fühlte sich von Tieren nicht ernst genommen. Die schimpfte mit Kühen und Schafen, wenn die muhten oder mähten, brüllte sie an, »hört auf, euch über mich lustig zu machen!«, und so weiter. Geistige Panne würde ich sagen. Im Edeka-Markt hat sie behauptet, Halbbauers Rinder hätten sich gegen sie verschworen, weil immer, wenn sie mal in den Garten ginge, kämen die angelaufen und dann würden sie über den Zaun starren, sie regelrecht mit ihren Blicken ausziehen, und das könne ja wohl alles nicht aus Versehen sein. Schamlos gucken würden die.

Frau Erdmann meinte, das läge dran, dass der Kotzolt die ganze Woche nicht da wäre, das würde merkwürdige Früchte tragen so was, das sähe man ja auch bei den anderen, womit sie wohl Guido, Achim und mich meinte, wo die Väter auch alle mitfuhren, um in Berlin Kachelöfen abzureißen oder was für einen Quatsch auch immer. Die Berliner, sagte sie, die wüssten schon, warum sie das nicht selber machten, die wären sich nämlich für so was zu schade.

Wenn Arnulf gerade gut bei Kasse war, ging er in ein Spielwarengeschäft und kaufte alles, was an alliierten Plastiksoldaten zu bekommen war. Er suchte sich 'ne schöne Stelle im Garten oder im Hof und baute sie auf, in Reih und Glied manchmal, auf jeden Fall immer so eng, wie es ging, aneinander. Anschließend goss er Benzin drüber und legte Feuer. Wenn er alliierte Plastiksoldaten abfackelte, dann leuchteten seine Augen. Ansonsten war er so ein Insichgekehrter mit halb gesenkten Lidern, redete wenig, und wenn, dann so langsam, dass man beinahe einschlief. Hat aber auch lieber ins Radio gekotzt als in den Papierkorb, wenn ich mich recht erinnere. War ja 'n deutsches Radio, und außerdem deutsche Kotze von deutschem Apfelkorn.

Mit Frauen lief bei ihm überhaupt nichts. Bei uns zwar auch nicht, aber wir wollten wenigstens, dass was läuft. Vielleicht war er auch einfach nur zu groß, über eins neunzig.

Irgendwann fing er an, in Wehrmachtsuniform rumzurennen und in der Zimmerei seines Vaters Exerzieren zu üben. Da war alter Eichenboden drin. Arnulf war der Meinung, das klänge wenigstens nach was. Einmal hat er uns alle eingeladen. Seine Mutter hatte Erdbeertorte gemacht, und Apfelkuchen gab es auch, und dann sind wir in die Werkstatt, und er hat uns einen vorexerziert, bestimmt 'ne halbe Stunde. Wir standen da so rum, Kuchen in der Hand, und haben eigentlich bloß gedacht, ist der denn jetzt nur noch doof? Was will man denn mit so einem anfangen? Den Kuchen haben wir natürlich aufgegessen.

Als *Neue-Deutsche-Welle*-Zeit war, kam er gelegentlich auch auf unsere Partys. Er war da allerdings mehr so was wie'n *Running Gag*, denn er kam natürlich in Uniform und mit Stahlhelm. Sein Lieblingslied war die *Deutsch-Amerikanische Freundschaft*: *Ich tanz den Mussolini, ich tanz den Adolf Hitler* ... Dazu zappelte er total technoid so 'ne Mischung aus Exerzieren und Finger in der Steckdose. Er und ich konnten uns nie einigen, wo jetzt die Ironie liegen sollte, im Bandnamen oder im Songtext. Jedenfalls, wenn Arnulf irgendwann so richtig breit war, kam er voll aus sich raus. Dann ging er in die Knie, und man konnte ihm von hinten leere Flaschen überziehen. Immer wenn so 'ne Pulle auf seinem Stahlhelm zerdepperte, schrie er laut »Juhu« oder kreischte oder brüllte einfach nur wie ein Tier, und wenn 'ne Pause entstand, weil etwa keine leeren Flaschen mehr da waren, schrie er: »Sauft mehr, weiter!«

Irgendwann brannte dann die Mühle. Brandursache Kurzschluss oder was auch immer, unten in der Werkstatt. Ich würde mich nicht wundern, wenn es ein glimmender Plastikamerikaner gewesen ist. Jedenfalls Funkenflug. Dieser Funke irgendwo im Gebälk und peng, zwei Stunden später brannte der ganze Laden. Ich schaute gerade Fernsehen, da flogen plötzlich die Dachpfannen. Sie flogen bis zu uns in den Garten. Richtige Geschosse. Meine Mutter ließ die Jalousien runter, um unsere Scheiben zu schützen, und rief dann die Feuerwehr. Das Hitlergedenkzimmer über der Werkstatt brannte auch mit ab. Hatte zwar keiner je gesehen, aber alle wussten, dass es existiert hatte.

Aus Arnulf ist dann auch nichts weiter geworden. Die Mühle wurde teils abgerissen, teils neu aufgebaut, und er hängt bis heute dort ab, mit seinen zwei älteren Brüdern. Die Eltern sind ins Altenheim, und die Jungs haben die Zimmerei vom Vater übernommen. Gelegentlich hört man Sägegeräusche oder Exerzieren, aber meistens ist Stille. Frauen haben sie alle drei nicht, aber angeblich haben sie in jedem Zimmer Fernsehen, was ich ziemlich amerikanisch finde.

Ach, den Guido hab ich jetzt beinah vergessen. Guido Baumann war katholisch wie ich – und schon tot. Er wohnte in einem von diesen neuen Häusern oberhalb von Sasses. Die sahen alle genau gleich aus, auch von innen. Ein und derselbe Entwurf dreimal realisiert. Standen fein säuberlich nebeneinander mit Jägerzäunen davor.

Guido war ein Angeber. Zumindest bis zu dem Tag, als Diana mal wieder im Gartenhaus für uns strippte. Bis dahin war alles klar strukturiert gewesen: Wir legten unser Taschengeld hin, und Diana zog sich aus, aber es war November und Monatsende, was hieß, Diana hatte viel an, und wir hatten kaum noch Kohle. Sie hatte mal gerade die Stiefel aus und den Pullover, und die Mütze vom Kopf, da waren wir schon blank. Gelegentlich akzeptierte sie Süßigkeiten, allerdings nur in unangebrochenen Packungen. Guido schob ihr 'ne Milka hin, aber sie meinte bloß: »Lass mal, so kommen wir nicht weiter«, und dann fragte sie uns, ob wir so richtig geil wären. Na – gerne zugeben will man das dann ja auch nicht, es war also mehr so'n Gemurmel in dem Gartenhäuschen und klar, wir hatten seit neuestem einen Heizlüfter, der eingeschaltet war, und der war laut.

Diana sagte dann: »Ich zieh mich ganz aus, und statt Geld geben, lasst ihr eure Hosen runter und wichst. Hier, vor mir. Und zum Schluss kommt noch was Spezielles, aber das verrate ich jetzt noch nicht. Also, wie ist es?« Sie schaute uns an und grinste und spielte an ihrem T-Shirt rum, lüpfte es so'n bisschen, zeigte uns ihren Bauchnabel, drehte den Hintern, na, was man halt so macht als Frau, nicht originell, aber wirkungsvoll. Wir verstummten. Jetzt konnte man nur noch den Heizlüfter hören.

»Okay, wir machen's, oder?«, sagte ich. Wir guckten alle so'n klein wenig ungläubig und verlegen, und keiner wollte anfangen, bis ausgerechnet Henning, Dianas Bruder, sagte: »Bei drei Hose runter?!«

Es gab zustimmendes Nicken. Er zählte: »Eins, zwei, drei.«

Mein Reißverschluss klemmte, und ich wurde hektisch, weil ich dachte, die glauben jetzt, ich ziere mich, aber schließlich standen wir alle da, Arnulf, Andreas, Henning, Guido, Holger, Achim, ich. Wir hatten alle die Fingernägel lackiert und unsere Pimmel in der Hand, und ich weiß nicht, wie es bei den anderen war, aber meiner tat weh, so hart war der. Diana zog sich aus, turnte vor uns herum, nahm Guidos Milka-Schokolade, biss ab und lutschte dran, während wir im Halbkreis um sie herumstanden und rubbelten.

»Jetzt das Spezielle!« Sie biss nochmal von der Schokolade ab und warf sie vor uns auf den Boden. Es war ungefähr 'ne halbe Tafel übrig.

»Zielt da drauf!«

Super Highlight, dachte ich, mit Sperma zielen macht man ja auch nicht alle Tage, und das muss schon bescheuert ausgesehen haben, was wir da so für Positionen einnahmen, nur um die Schokolade zu treffen. Wir machten das danach zwei-, dreimal die Woche, meistens ohne Diana. Guido kam immer als Letzter. Der Letzte musste die voll geballerte Schokolade essen. Davon ist Guido aber nicht gestorben, sondern nach dem Apfelkornsaufen bei Holger. Er kotzte ins Radio und ging raus, wir hörten, wie er auf einem Mofa wegfuhr. Das war nichts Ungewöhnliches, wir fuhren auch alle breit, aber Guido besaß gar kein eigenes Mofa. Jedenfalls ist er ins Schleudern gekommen und voll gegen's Haus. Tot.

Norbert Kotzolt:

Heimatfront

Ich hielt die ME 109 in der Hand. Oder sollte ich doch lieber die B-17 nehmen oder den Helikopter? Ich nahm die B-17, falls was bombardiert werden müsste.

»Wo willst du denn hin?«, herrschte meine Mutter mich an, als ich gerade im Begriff war, die kleine Holztreppe von der Veranda herunterzusteigen, »in einer halben Stunde kommt dein Vater mit dem Holz!«

Sie rührte in etwas zu essen, das auf dem Herd stand.

»Nur ein kurzer Aufklärungsflug.«

»Komm ja nicht wieder zu spät, oder du gehst ohne Abendbrot ins Bett!«

Ich startete die vier Motoren der B-17 und hob ab.

»Hörst du, was ich sage?«

»Ja!« War gutes Flugwetter heute. »Gehe tiefer«, gab ich über Funk an die Airbase durch.

»OKAY«, bestätigten die.

Ich flog dicht über die frisch gepflanzten Blautannensetzlinge hinweg, die ganze Auffahrt bis zum Jägerzaun runter.

»Hallo Tower, bin jetzt direkt an der Grenze. Gehe auf Kurs Nordwest.«

»VERSTANDEN, GUTEN FLUG.«

Ich flog so lange, bis man mich vom Haus nicht mehr sehen konnte. Dann gab ich an den Tower durch, dass ich zwischenlandete, um einen Trupp Sanitäter abzusetzen. Ich legte mich ins hohe Gras. »Doofes Holz«, fluchte ich.

Mein Vater arbeitete in einer Stadt, weit weg auf einer Baustelle. Er und andere Väter von hier bauten da was, aber er erzählte nie, was genau. Ich wusste also nicht, was sie bauten, aber ich glaube – ein Parkhaus. Freitagmittag kam er immer aus der Stadt zurück. Er hatte dann bereits ein paar Stunden Fahrt hinter sich in dem hellblauen Ford Transit. Manchmal sah ich den Wagen schon vorher drüben am Hang bei Guido oder bei Achim oder bei Ingo halten, sah deren Väter aussteigen, mit ihren Reisetaschen.

Samstag war immer der schlimmste Tag, weil meine Mutter meinem Vater dann erst mal erzählte, was ich im Laufe der Woche alles verbrochen hatte. Wenn es nicht gerade regnete, war ich deshalb um die Mittagszeit rum auf Aufklärungsflug. Sobald ich allerdings die Kreissäge hörte, wurde es höchste Zeit für mich, zur Homebase zurückzufliegen. Ich holte jedes Mal das Letzte aus meinem Flugzeug raus.

Wenn ich ankam, kriegte ich zur Begrüßung von meinem Vater eine gescheuert. Ins Gesicht. Je nachdem was meine Mutter erzählt hatte, schlug er auch schon mal mit einer Latte oder einem Brett auf mich drauf. Schlechte Schulnoten reizten ihn immer am meisten. Einmal schlug er mit einem Kantholz nach mir, durch das ein langer Sparrennagel geschlagen war. Da wurde er ganz weiß, als der in meiner Schulter stecken blieb.

In der Woche drauf bekam ich als Entschädigung dafür eine ME 109 im Maßstab 1:32, aber ich flog sie irgendwie nicht gern. Zugegeben, es war ein gutes Flugzeug, aber ich mochte es nicht so recht. Ich mochte sowieso keine deutschen Flugzeuge. Ich sprühte das ganze Flugzeug mit Felgensilber an, das ich in der Garage gefunden hatte. Das fand ich noch besser als die Idee, es als Spionageflugzeug einzusetzen. Als das Silber getrocknet war, malte ich mein Emblem drauf, wie auf all meine Flugzeuge: rotes **N** auf schwarzem Grund. Ich fand es gut, dass das **N** seitlich gesehen wie ein **Z** aussah. **Z** wie Zorro. **N** wie Norro. Wenn ich Einsätze flog, war ich Norro.

»Norro an Homebase, Norro an Homebase, die Sanitätseinheit ist abgesetzt, setze den Flug Richtung Nordwest fort, folge weiter dem Grenzverlauf.«

Ich startete die B-17 sanft den Abhang hinab, nutzte die Aufwinde da, wo der Sandweg angelegt war, und zog die Kiste dann in einer Schleife steil vor dem Jägerzaun hoch.

»Hallo Homebase, hier Norro, bin auf Kurs. Over.«

Verdammtes Holz, jeden Samstag die gleiche Prozedur. Mein Vater fuhr den Transit vor, trank schnell eine Tasse Kaffee, wobei er mit meiner Mutter redete, und dann warf er die Kreissäge an, um das ganze Holz, das hinten im Wagen lag, zu zersägen. Er brachte es von der Baustelle mit. Schalbretter, Kanthölzer, Dachlatten, feucht meistens und voller Betonbrocken. Er sägte alles klein, und ich musste es dann in einen Korb packen, damit zum Schuppen laufen und es ordentlich zum Trocknen aufstapeln. Sägen ging viel schneller als einsammeln und stapeln. Manchmal brauchte ich bis nachts, ging über zweihundertmal von der Säge zum Schuppen. Zeitweilig spielte ich *Norro bunkert Schätze,* aber die Idee erwies sich über einen längeren Zeitraum als nicht tragend. Wenn Vater fertig war, stellte er die Säge ab, ging rein, aß das Essen, in dem meine Mutter mittags gerührt hatte, und badete anschließend. Verdammtes Holz, ein Wunder müsste geschehen.

»Norro an Homebase, Norro an Homebase, gehe jetzt auf Kurs Südwest, um weiter dem Grenzverlauf zu folgen.«

Ich flog eine ausgedehnte Kurve. Die Kühe von Landwirt Halbbauer standen am Jägerzaun und käuten wieder, ihre Köpfe auf unserer Seite, unseren Rasen abfressend.

»Norro an Homebase, Norro an Homebase, Feindbewegung im Grenzgebiet, geben Sie der Artillerie Bescheid.«

»HOMEBASE AN NORRO: VERSTANDEN, ARTILLERIE WIRD IHNEN TÜCHTIG EINHEIZEN!«

Ich legte die B-17 ins Gras, kroch unter den Stachelbeerbüschen herum und sammelte Erdklumpen.

»Artillerie: Feuer frei!« Ich bewarf die Kühe mit den Erdklumpen. Dann nahm ich die B-17 und machte noch einen Raketenangriff gegen die Grenzverletzer. Ziel anvisiert, Feuer, Volltreffer. Die trockenen Kluten zerballerten auf den feindlichen Kühen zu Staubwolken. Alles rannte wild durcheinander. Ein gelungener Überraschungsangriff. Ich flog weiter.

Die Grenze war lang, weil das Grundstück, auf dem unser Haus stand, so groß war. Oft schon hatte ich mich gefragt, warum wir zwar ein großes Grundstück, aber leider keine Heizung hatten. Deswegen musste ich ja am Samstag immer das Holz stapeln. Im Winter verbrannten wir es in dem Ofen in der Küche und versuchten so, das ganze Haus zu heizen. Tag und Nacht waren wir in Decken gehüllt. Warm war es nur direkt am Ofen. Vielleicht würde heute mal ein Wunder geschehen?

»Norro an Homebase, Norro an Homebase, ist der Transit schon gelandet?«

»*RAUSCH.*«

»Hallo Homebase, Homebase, bitte meldet euch.«

»*KNISTER.*«

Verdammt, die Funkverbindung war abgerissen. Ich flog quer über den großen Kartoffelacker Richtung Landesinneres und ging etwas auf Höhe. Dann sah ich das Haus und davor den Transit.

»Homebase, Homebase, hier Norro, sind Sie wieder da?«

»*HALLO NORRO, HIER HOMEBASE, WO WAREN SIE DENN?*«

»Ein Funkloch – die Chance auf ein Wunder heute?«

»*WIR FÜRCHTEN – EIN WUNDER BLEIBT AUS.*«

»Okay, dann sammle ich mal die Sanitäter wieder ein,

ich schätze, die werde ich heute noch brauchen. Norro, over.«

Ich wechselte den Kurs und flog nochmal zur Wiese rüber, landete, nahm die Sanitäter an Bord und flog weiter.

Jiiiiiiiiep, jiiiiiiiiep, jiiiiiiiiep. Die Todesschreie der Holzstücke, die von der Kreissäge zerteilt wurden. Sie wurden immer lauter, je näher ich kam. Aber – da war nichts mehr zu machen.

»Norro an Homebase, Norro an Homebase, erbitte Landeerlaubnis.«

»OKAY, GEHT KLAR.«

Ich rannte, so schnell ich konnte, zum Haus, die B-17 in der Hand. Als mein Vater mich sah, warf er ein Stück Holz nach mir, das er gerade getötet hatte. Er traf mich aber nicht.

»Junge, komm her!«

Was sollte ich tun, ich ging hin und holte mir die Schläge ab. Rechts und links ins Gesicht, wie immer.

»Los, Holz stapeln!«

Mein Vater sägte, und ich stapelte. Irgendwann ging er rein, essen und baden. Ich stapelte noch einige Zeit. Ich spielte *Norro bringt Nitroglyzerin in den Schuppen*, weshalb es diesmal schneller ging.

»Norro an Homebase, Norro an Homebase, das Nitro ist an der Talsperre angebracht. Bitte sprengen Sie jetzt, ich gehe auf Höhe!«

Ich nahm die B-17 und stellte mir eine riesige Explosion vor, die das Haus, den Schuppen und den Transit dem Erdboden gleichmachte und alles überflutete.

»Junge, komm jetzt rein«, rief meine Mutter, grantig wie immer, »noch ist das Wasser nicht ganz kalt.«

Ich nahm Kurs auf das Haus, zog meine Sachen aus und flog ins Badezimmer.

»Norro an Homebase, Norro an Homebase, bin direkt über dem Meer.«

Ich sah mir das Badewasser genau an. Es war schon schlimm genug, dass es dasselbe Wasser war, das mein Vater vorher benutzt hatte; der Dreck von einer Woche Baustelle klebte an den Rändern der Wanne, und etwas Nudelartiges schwamm im Wasser herum; aber wenn es obendrein auch noch kalt war ...

»Norro an Homebase, Norro an Homebase, hier wurden Industriegifte verklappt. Erbitte Erlaubnis, chemisches Gegenmittel einzusetzen.«

»HALLO NORRO, ERLAUBNIS ERTEILT, SETZEN SIE CHEMIE EIN. OVER.«

Ich schraubte die Badeschaumflasche auf, hielt sie unter die B-17 und flog ein paar Mal kreuz und quer übers Meer.

»Norro an Homebase, Norro an Homebase, mache für heute Schluss, bis morgen dann, over und aus.«

Ingo Korf:

Geburtenstarke Jahrgänge

In den sechziger Jahren hatten alle am Hang entweder Motorroller oder Kleinwagen. Die mit den Isettas und den Heinkel- oder Messerschmidt-Kabinenrollern mussten sich von den Goggobesitzern auslachen lassen, weil ihre Gefährte nicht wie Autos aussahen. Die Goggobesitzer klebten sich Kühlergrillimitate auf ihre Kisten. Beknackt. Wusste eh jeder, dass der kleine, stinkende Zweitaktmotor hinten war. Die, die Motorroller fuhren, waren noch nicht so weit. Wenn die Männer zwischen fünf und sieben von der Arbeit zurückkehrten, hielten die Frauen Türen und Fenster geschlossen. Spätestens gegen acht war die Abgaswolke weggezogen. Die kleinen, stinkenden Autos waren trotzdem beliebt, waren die Babys der Männer, wurden geputzt, geölt, zur Schau gestellt. Die jungen Ehefrauen wurden trotz Achtundvierzig-Stunden-Woche und privatem Hausbau ziemlich häufig gebumst. Ergebnis: Jede zweite war schwanger, und die, die noch nicht schwanger waren, wurden noch häufiger gebumst, damit sich das möglichst schnell änderte. Das war eine verdammt effektive Methode, um einen geburtenstarken Jahrgang hinzukriegen.

Mit meinem Namen gab es Schwierigkeiten. Das wurde mir nicht nur von Nachbarn und Verwandten erzählt, sondern auch von Wildfremden, die es irgendwo aufgeschnappt hatten. Jeder wusste über jeden Bescheid. Was man über sich selbst nicht wusste, bekam man irgendwann beim Spielen schon von einem anderen Kind gesteckt oder später in der Schule von Mitschülern. Interessanterweise erzählen Eltern ihren Kindern ’ne Menge über die Unzulänglichkeiten der Eltern anderer Kinder.

Ich muss tatsächlich vor meiner Zeit anfangen, kurz vor meiner Zeit:

»Fräulein Wehmeier, Sie müssen sofort kommen«, sagte mein Vater ohne ein Guten Morgen, ohne eine Entschuldigung. Es war vier Uhr früh. Fräulein Wehmeier gab ein Geräusch von sich, das weder als Grußerwiderung noch als Rachenfreimachen zu identifizieren war, und zog ihren Mantel an. Sie nahm die Tasche von der Anrichte im Flur, schaute rein, fragte sich: »Zange?«, und antwortete sich: »Ja!«

Es schneite. Die beiden stapften durch den Schnee. Es war ziemlich dunkel. Straßenlaternen gab es noch nicht. Fräulein Wehmeier überragte meinen Vater um fast einen Kopf, obwohl er seinen Hut aufhatte.

»Aah«, schrie meine Mutter, und irgendwas in dem Auto vibrierte. Die Beifahrertür ließ sich nicht öffnen, und auf der Fahrerseite kam sie wegen ihres dicken Bauches nicht am Lenkrad vorbei.

Mein Vater hatte schon eine Menge erlebt, amerikanische Bomber, die Richtung Kassel und Berlin flogen, Einschüsse ganz in der Nähe seines Kopfes, weil er sich nicht an die Ausgangssperre gehalten hatte, die der Kommandant einer amerikanischen Einheit bei einem zweitägigen Aufenthalt im Ort verhängt hatte. Außerdem seinen völlig verhungerten großen Bruder, der ausgerechnet am Konfirmationstag meines Vaters aus russischer Gefangenschaft heimkehrte, durch die Kellertür ins Haus trat und dort, im Keller, einen ganzen Eimer Kartoffelschalen leer aß. Er brach alles gleich wieder aus, weil ihn ein Onkel, der Bier holen wollte, nicht für den hielt, der er war, sondern für irgendeinen Landstreicher, und ihm heldenhaft in die Eingeweide trat, während er seinen Kopf noch im Eimer versenkt hatte.

»Aah«, schrie meine Mutter, sehr hoch, sehr klar. Nein, so was hatte mein Vater noch nicht erlebt, obwohl er noch jede Menge jüngere Geschwister hatte, die allesamt Hausgeburten waren. Irgendwie waren die ohne viel Geschrei rausgeflutscht, er konnte sich das auch nicht erklären. Jedenfalls, eine Frau mit Geburtswehen war sogar schlimmer als Kaninchenschlachten, und das war verdammt unangenehm, wenn man sich mit den Kuschelviechern erst mal angefreundet hatte.

»Du Idiot«, sagte Fräulein Wehmeier, als sie das Goggomobil meines Vaters in der Schneewehe stecken sah, »das hätte ich dir gleich sagen können, dass du aus dem Ort nicht rauskommst. Handtellergroße Flocken und Sturm.«

Aus irgendwelchen Gründen war es neuerdings gefährlich, Kinder zu Hause zu bekommen. Klinikniederkunft lag voll im Trend. Die Fahrt ins Krankenhaus war jedoch fehlgeschlagen. Das Auto saß fest, keinen Kilometer vom Haus, und obwohl man nicht gerade behaupten kann, dass ein Goggomobil schwer war, schaffte mein Vater es nicht, es allein wieder aus der Schneewehe herauszuschieben. Er lief also zum Haus zurück, pah, Haus, darauf werde ich gleich noch zu sprechen kommen. Sagen wir, er war zurückgerannt, um einen Schlitten zu holen, eine Schaufel und Fräulein Wehmeier.

»Ach Gott, nee«, seufzte die und nahm die Hand meiner Mutter, aber die schrie in der kleinen Blechdose von Auto, als hätte sie ihren Mörder dabei. Mein Vater schaufelte wie bekloppt Schnee.

Der direkteste Weg in eine beschissene Wohngegend war der per Hausgeburt. Ich wurde eine Hausgeburt, weil ich a) drei Wochen zu früh war, b) zu viel Schnee lag, c) das Goggomobil meines Vaters gleich in der ersten dusseligen Schneewehe stecken geblieben war, d) Fräulein Wehmeier zupacken konnte.

»Wenn du nicht willst, dass dein erstes Kind im Goggo zur Welt kommt, schipp schneller«, schnauzte Fräulein Wehmeier, während mein Vater die Beifahrertür freilegte, »schipp schneller, hörst du!«

Meine Mutter saß im Wagen und machte, was sie schon die ganze Nacht gemacht hatte, schreien und stöhnen, immer abwechselnd und mittlerweile in wirklich sehr kurzen Abständen.

»Kommt bald«, sagte Fräulein Wehmeier.

Als meine Mutter schließlich auf dem Schlitten saß, schrie sie noch lauter als vorher. Dicke Flocken fielen, sehr dicht beieinander, vom Himmel. Lag wohl an der schalldämpfenden Eigenschaft des Schnees, dass noch niemand gekommen war, um zu sehen, was da los sein könnte.

»Wir wollten eine Geburt im schönen, warmen Klinikum, mit Sicherheitsvorkehrungen und freundlichen Ärzten«, jammerte mein Vater. Er zog den Schlitten, Fräulein Wehmeier schob, ihre Hände auf den Schultern meiner Mutter.

»Wenn wir uns nicht beeilen, wird diese Geburt garantiert in die Geschichte des Ortes eingehen«, sagte Fräulein Wehmeier. »Schlittenniederkunft ist möglicherweise was für Lappland, aber nichts fürs Lipperland.«

Mein Vater dachte an Rentiere. In einigen Häusern war inzwischen doch Licht angegangen.

»Na, viele Möglichkeiten haben wir hier ja nicht«, sagte Fräulein Wehmeier, nachdem mein Vater eine Kabellampe angeschlossen hatte, »es Hausgeburt zu nennen wäre geschmeichelt.«

Mein Vater schwieg. Dass die Geburt schwer war, hat meine Mutter später bei jeder passenden Gelegenheit erwähnt, nämlich immer dann, wenn sie glaubte, dass man ihr was schuldig war.

Was das Haus anbelangte, da kann ich mich auf Fotos berufen, die alles dokumentieren. Meine Mutter hasste Fachwerk, weil sie einen anderen Lebensentwurf hatte. Einen Lebensentwurf, in dem in einer dunklen, niedrigen Butze herumzukriechen nicht vorgesehen war. Sie wollte in Kostüm und hochhackigen Schuhen durch einen Neubau schreiten. Und wenn die erste Besiedlung hier am Hang auch fast tausend Jahre zurücklag und somit länger als die Grundsteinlegung der Kirche, ein modernes Haus in der neuen Siedlung wäre ihr tausendmal lieber gewesen. Tradition war ihr egal, und Stiebel Eltron war bequemer als ein Badeofen. Mein Vater war ein Schlitzohr, vermutlich hatte er sie rumgekriegt, indem er ihr erzählte, er besäße ein Siedlungshaus, was, je nachdem wie man Siedlung auslegte, ja auch zutraf. Genau genommen war es allerdings ein Kötterhaus aus dem 17. Jahrhundert und ursprünglich Bestandteil eines großen bäuerlichen Anwesens, das im Laufe der Generationen in seine Einzelteile zerlegt worden war.

»Da ziehe ich nicht ein«, hatte meine Mutter zu ihm gesagt, als sie im Sommer, eineinhalb Jahre vor meiner Geburt, zum ersten Mal hier gewesen war, »da muss erst was dran gemacht werden.«

Vermutlich wollte mein Vater seinen Fang nicht wieder verlieren. Meine Mutter war hübsch und nicht von hier, eine Exotin aus einem anderen Bundesland, was etwas zählte in einer Gegend, in der sich alle untereinander fortpflanzten, was man ihnen auch irgendwie ansah.

»Na gut, dann bau ich alles um«, war sein Kommentar.

Umbauen war ein harmloses Wort für das, was dann passierte. Als Erstes besorgte er schwere Eichenbalken und schlug sie rund ums Haus herum zwischen Boden und die Querträger, auf denen der Dachboden und das ganze Dach lagerten. Dann fing er an, die Wohnräume zu entfernen.

Ein paar Ständer ließ er stehen, damit nicht doch noch alles zusammenfiel. Übrig blieb ein Dach auf Stützbalken.

»Und wo wohnen wir jetzt?«, hatte meine Mutter gefragt, und mein Vater zeigte ungerührt auf den Bretterverschlag, in dem üblicherweise das Goggomobil abgestellt war. Meiner Mutter wurde schlecht. Zu dem Zeitpunkt war sie allerdings schon schwanger, was damals so viel hieß wie *kein Zurück mehr*. Der Gedanke, dass sie Bewohnerin eines Schuppens und eines Daches ohne Haus sein sollte, drohte sie umzuwerfen, und nicht nur sie. Es gab da noch eine andere Kleinigkeit: meine Großeltern. Die wohnten auch in dem Haus. Sie standen relativ gefasst im Garten und wunderten sich über das Zelt, das mein Vater aufbaute. Als er sagte, sie sollten ihren Schröbel da reinschaffen und sich selbst gleich mit, wünschten sie wohl, sie hätten mit der Überschreibung des Hauses noch gewartet.

Mein Vater schachtete den Keller aus und ließ ein Fundament gießen, Nachbarn und Verwandte halfen, das war so üblich. Vermutlich würde sonst nicht mal die Hälfte der Häuser am Hang der Habichte stehen. Meine Mutter half, soweit es ihr möglich war und noch darüber hinaus, und das war auch der Grund für meine verfrühte Ankunft. Ich hatte einfach keinen Nerv mehr, den ganzen Tag in meiner Mutter an der kreischenden Betonmischmaschine zu stehen. Als der Keller fertig war, wurde dort eine provisorische Küche eingerichtet. Zur Aussteuer meiner Mutter gehörten ein Silberbesteck und Porzellan mit Goldrand. Alle fanden es amüsant, Kartoffelsuppe mit silbernen Löffeln zu essen oder Pickert mit silbernem Messer und silberner Gabel. Meine Mutter bestand auf Messer und Gabel. Sie hatte sich vorgenommen, Tischmanieren in die lippische Provinz zu bringen.

»Gar nichts werde ich«, sagte mein Großvater und schob den Pickert mit der Hand rein, wie es sicherlich auch gedacht war. Pickert, eigentlich eine Beleidigung für jedes Silberbesteck, dieser widerliche, fette Eierpuffer mit Rosinen. Kein Wunder, dass außerhalb des Lipperlandes kaum einer weiß, was das ist.

Noch Jahre später, wenn Nachbarn da waren oder Verwandte, kam irgendwann jemand darauf zu sprechen, wie meine Mutter während der Bauphase im Kostüm, mit hohen Hacken und gut frisiert aus der Bretterbude kam. Sie lachte inzwischen selbst darüber.

Damals war die Straße am Hang noch nicht mal asphaltiert gewesen. Dafür gab es aber noch die beiden Habichte.

»Herrgott, kannst du das Kind nicht leise zur Welt bringen?«, brüllte mein Vater.

Ich bin sicher, er hat es überhaupt nicht böse gemeint. Er war nur sauer, weil nichts nach Plan lief und alles ihn als schlechten Organisator auswies und weil er hier sowieso nichts tun konnte. Später behauptete er, dass der ganze Geburtsstress Auslöser für sein Asthma gewesen sei. Er rannte hin und her. Er wollte sich eine Zigarette anzünden, hatte sie sogar schon im Mund.

»Ich schmeiße dich gleich hier raus«, fauchte Fräulein Wehmeier. Hebammen haben eine Autorität, der man sich schwer widersetzen kann. Vielleicht war es aber auch nur, weil die Hebamme bald sechzig war und mein Vater noch nicht mal dreißig.

»Und mach dir gefälligst was vor Mund und Nase!«

Mein Vater schaute sich leicht irritiert im Raum um, vermummte sich mit einem Kopftuch meiner Mutter und sah aus wie ein Bandit. »Ich hätte Schwester Hermine holen sollen«, nuschelte er.

»Glaubst du etwa, bei der hättest du rauchen dürfen?«

»Ich kriege kaum Luft.« Er schob sich den Hut in den Nacken.

Schwester Hermine und Fräulein Wehmeier waren die beiden konkurrierenden Hebammen im Ort. Sie unterschieden sich vor allem durch ihre Abnabeltechnik. Fräulein Wehmeier machte Nabel, die später einfach ein Loch im Bauch waren. Die Nabel von Schwester Hermine sahen aus, als wäre da eine kleine Wurst im Loch. Was man schöner findet, ist Geschmacksache, aber ich bin ganz froh, dass ich dieses simple Fräulein-Wehmeier-Loch habe, ohne Fleisch drin.

»Aahaaah!« Meine Mutter schrie inzwischen durchgehend. Sie lag übrigens nicht im Bretterverschlag, sondern im ersten von meinem Vater gemauerten Raum. Es war interessanterweise der ehemalige Ziegenstall. Eine Zeit lang glaubte ich deswegen, ich müsste ein Heiliger sein. In einem Ziegenstall zur Welt gekommen, am Morgen des 24. Dezember. War hier zwar nicht Bethlehem, aber was heißt das schon.

In Dänemark habe ich mal Strandabschnitte und Holzhäuser gesegnet, im Urlaub, nur so aus einer Laune heraus. Hat Spaß gemacht – Rumfahren, Segnen. Keine Ahnung, ob es den Dänen geholfen hat.

Meine Mutter lag also im Ziegenstall in einem Liegestuhl, und meine Großeltern waren natürlich auch gekommen.

»Morgen«, sagte mein Großvater, und zu meinem Vater: »Schreit ja ganz schön rum, dein Weib.«

Meine Oma lächelte, sie war eigentlich ein gutmütiger Mensch.

Den Liegestuhl, in dem Fräulein Wehmeier mich aus meiner Mutter zog, habe ich erst kürzlich verschenkt. Hab so manches Mal dringelegen. Manchmal habe ich meine Beine gespreizt, über die Lehnen gehängt und mir vorgestellt, ich bin meine Mutter und bringe mich selbst zur Welt.

»Im Klinikum tragen die Ärzte und Schwestern im Kreissaal Mundschutz«, sagte Fräulein Wehmeier. Sie bestand darauf, dass sich meine Großeltern genau wie mein Vater ein Tuch umbanden. Mein Opa war der Meinung, dass man lieber meiner Mutter ein Tuch ins Maul stecken solle, damit endlich Ruhe wäre. Meine Oma sagte, Hausgeburt hätte sie siebenmal gehabt, alle in diesem Haus oder besser, unter diesem Dach und immer ohne Tuch. Mein Vater warf Holzscheite in einen Kanonenofen in der Ecke. Das Haus wäre längst fertig gewesen, wenn seine Aktivitäten nicht einen allgemeinen Bau- und Anbauboom in der Siedlung ausgelöst hätten. Weil, wie schon erwähnt, jeder moralisch verpflichtet war, dem anderen Nachbarschaftshilfe zu leisten, kam keiner voran. Erdmanns wollten neue Pfannen und hatten total überstürzt schon mal das halbe Dach abgedeckt, Freisings wollten Küche und Esszimmer trennen, Baumanns hatten aus Versehen eine tragende Wand eingerissen und so weiter, und so weiter.

Die Zange wurde nicht benötigt. Ich kam genau nach Vorschrift mit dem Kopf zuerst. Besonders groß war ich nicht – wie ein Winterkätzchen. Meine Mutter schrie trotzdem. Was sonst.

Die Hebamme sagte: »Pressen!«, und mein Opa sagte: »Kehr lieber wieder um, siehst ja selbst, dass dein Vater keinen Schlips trägt.«

Als ich das Licht der Kabellampe erblickte, standen sie alle um mich rum, mit Tüchern vor den Gesichtern, wie bei einem Bankraub.

Meine Mutter hatte aufgehört zu schreien und stellte die klassische Frage, ob alles dran sei.

»Jo!«, sagte Fräulein Wehmeier.

»Fünf Finger, fünf Zehen?«

»Zehn Finger, zehn Zehen!«

»Was ist es denn?«

»Junge!«

»Auch gut.«

»Sieht aus wie'n – wie'n Beatle«, sagte meine Oma, und Fräulein Wehmeier erzählte mir später mehr als einmal, dass sie selten ein Kind mit solch einer Mähne auf die Welt geholt hätte, und wenn ich die restlichen drei Wochen auch noch abgesessen hätte, hätten mir die Zotteln vermutlich bis zum Arsch runtergehangen.

Fünf Uhr morgens, Fräulein Wehmeier war gegangen, kaum dass ich raus war. Im Raum waren außer meiner Mutter nur diese drei Banditen. Das war also meine Familie.

Weil meine Mutter nicht mehr schrie, schrie ich, aber ich wurde umgehend mit einer Brust zum Schweigen gebracht.

Mein Opa zog eine Flasche Korn und vier Pinneken aus der Tasche. Es wurde auf mich angestoßen.

»Das Kind muss als Erstes zum Friseur«, sagte mein Vater.

Dann gab es Streit:

»Wie soll er eigentlich heißen?«, fragte meine Oma.

»Dirk«, sagte mein Vater, »Ingo«, meine Mutter.

»Besser, wenn ihr euch einigt«, sagte mein Opa.

»Dirk klingt kantig«, meinte meine Mutter.

»Ingo klingt nach Lackaffe«, fand mein Vater, »willst du einen Lackaffen?«

»Sprich das doch einfach mal laut und mit Nachnamen, dann wirst du selber hören, was ich meine!«

»Dirk Korf.«

»Hörst du?«

»Nee!«

»Dirk Korf«, sagten jetzt auch meine Großeltern. Dann wieder mein Vater und meine Mutter und nochmal meine Großeltern: »Dirk Korf, Dirk Korf.«

Ich begann wieder zu schreien.

»Seht ihr«, sagte meine Mutter, »er mag den Namen auch nicht.«

»Ach Quatsch«, sagte mein Opa, »wechsel einfach mal die Titte.«

Um elf Uhr schob mein Vater sein Goggomobil aus der Schneewehe. Landwirt Halbbauer half dabei mit seinem Trecker. Anschließend fuhren die beiden im Goggo zur *Lippischen Rose*. War Tradition, sich am Heiligen Abend dort zu treffen, nachdem man den Baum zu Hause abgeliefert und Frau und, falls vorhanden, Kinder mit Schmücken beschäftigt hatte.

Mein Vater hatte heute zwei Gründe, in die Kneipe zu gehen, erstens die Tradition, zweitens mich. Als er gerade die Wirtschaft betreten hatte, fuhr draußen Karl Erdmann vor.

»Au, Karl in seiner Versehrtenkutsche«, sagte Halbbauer, der am Fenster stand, »der strahlt übers ganze Gesicht.«

»Schnaps für alle«, grölte Karl Erdmann beim Betreten des Gastraums. Seine Frau war auch schwanger gewesen. Ihr Kind war genau nach Plan gekommen. Natürlich im Krankenhaus.

»Ein Junge, heute früh um fünf«, hechelte Karl Erdmann.

»Bei mir auch«, warf mein Vater ein, und dann fingen Karl Erdmann und er an, auf uns, das Erdmannkind und mich, einen zur Brust zu nehmen.

»Auf Dirk«, sagte mein Vater, und auch der Wirt, Halbbauer und ein paar andere Traditionalisten hatten schon ihr Glas gehoben. Sie kippten alle gleichzeitig und gleich schnell den ersten Wacholder.

»Auf Dirk«, murmelten sie leise im Chor vor sich hin. Es klang beinahe wie Beten.

»Der wird mal was«, sagte Karl Erdmann. Mein Vater strahlte stolz.

»Noch eine Runde«, sagte er.

Der Wirt wollte nicht mehr mittrinken.

»Was'n mit dir los?«, kläffte mein Vater ihn an.

»Mensch, hier kommt beinahe täglich einer rein und will mit mir auf sein Neugeborenes trinken, ich krieg langsam Schmerzen inner Leber.«

»So, jetzt aber auch auf deinen«, sagte Karl Erdmann und hielt meinem Vater das Pinneken entgegen.

»Wie, auf meinen ham wir doch gerade?«

»Nee, nee, Dirk ist ja meiner.«

»Du willst mich wohl veräppeln.«

»Deiner soll doch Ingo heißen!«

»Du bist ja bescheuert!«

»Deine Frau hat gesagt: Ingo!«

»Seit wann hörst du auf meine Frau«, knurrte mein Vater leicht wütend, »ich nenne meinen Jungen doch nicht Ingo. Niemals!«

»Von mir aus nenn ihn nicht Ingo, nenn ihn, wie du willst, nenn ihn Thorsten, Dieter, Fritz, Ulrich ...«

»Ich nenn ihn Dirk!«

»Ich weiß nicht – zwei Dirks in einer Siedlung.«

»Du nennst deinen nicht Dirk!«

Es ließ sich nicht genau sagen, wer wem zuerst an den Kragen gegangen war. War wie ein Duell, in dem beide gleich schnell gezogen hatten. Gemeinsam schlugen sie auf den Linoleumboden auf. Ein Schirmständer ging dabei zu Bruch.

»Wir wollen Blut sehen«, sagte Halbbauer, der immer noch am Fenster stand. Karl Erdmann und mein Vater wälzten sich durch die *Lippische Rose*.

»Heute ist Weihnachten«, schrie der Wirt, »verdammte Inzucht.« Er ging mit einem Barhocker zwischen die zwei und prügelte sie raus. Sie schrien sich auf der Straße an, gingen sich wieder an die Kragen, wälzten sich im Schnee, und irgendwann saßen sie in ihren beknackten Kleinautos. Mein Vater als Erster, denn im Goggo saß man schneller; er hatte zwei Türen. Im Meyra-Kabinenroller musste man immer erst über den Beifahrersitz kriechen, weil sich der Einstieg auf der rechten Seite befand, eine halbe Fronttür. Ein Öffnen der gesamten Vorderfront hatte man sich aus Kostengründen verkniffen. Man wollte das Fronttürpatent nicht verletzen.

»Bis zur Weserbrücke und zurück«, sagte Karl Erdmann und wischte sich Blut unter der Nase weg auf die Wange.

Mein Vater nickte. Karl Erdmann war Schlosser bei der Firma Meyra in Vlotho an der Weser. Dort hatten sie sogar mal Rikschas hergestellt. Seinen Wagen hatte er sich mehr oder weniger selbst gebaut. Er hatte in der Firma über mehrere Wochen die Einzelteile für einen *Meyra 200* aus der letzten Produktionsreihe geklaut. Klauen konnte man es aber eigentlich gar nicht nennen. Die Firma hatte sowieso jede Menge Bestellungen annulliert, weil die Herstellungskosten blöderweise höher waren als der Verkaufspreis.

»Fault deine Scheißkarre eigentlich bei feuchtem Wetter?«, schrie mein Vater. Der Verdacht lag gar nicht so fern, immerhin war die Kiste teilweise aus Holz gebaut.

Die zwei fuhren ein Rennen darum, welche Familie ab sofort einen Dirk haben würde. Auf schneeglatter Straße schleuderten sie durch Ort- und Landschaft. Mein Vater hatte Vorteile in der Kurve, weil ein Goggo vier Räder hatte. Erdmanns Dreirad war frisiert.

»Ein Autorennen ist eine ziemlich idiotische Sache«, sagte mein Vater hinterher, »man gibt Gas und versucht, auf der Straße zu bleiben, mehr ist es nicht.«

Ich heiße nicht Dirk, und der Sohn von Erdmanns heißt

Andreas. Niemand am Hang hieß jemals Dirk, bis heute nicht. Wo die Landstraße auf die Weserbrücke führt, wurden beidseitig Leitplanken angebracht, und Karl Erdmann kaufte sich hinterher einen VW-Käfer.

Bei Meyra bauen sie nur noch Rollstühle.

Norbert Kotzolt:

Maulwurf

»Norbert, komm her, Junge, wir machen jetzt den Maulwurf tot!« Mein Vater sprang enthusiastisch vom Frühstückstisch auf. Er trug einen Blaumann. Seine Beine waren bis zu den Knien in grüne Gummistiefel versenkt.

»Los, Norbert, geh mit«, sagte meine Mutter mit glänzenden Augen und in einem Tonfall, als würde mich draußen etwas ganz Besonderes erwarten, »nicht immer nur Bäume umarmen!«

»Hat er schon wieder Bäume umarmt?«, schnauzte mein Vater.

»Die Apfelbäume bei Halbbauer!«, antwortete meine Mutter.

»Alle?«

»Jeden einzelnen!«

»Aber, das sind doch bald fünfzig Stück?! Norbert, habe ich dir nicht schon mindestens hundertmal gesagt, dass du aufhören sollst, Bäume zu umarmen?!«

»Ich will doch nur meine Verbundenheit mit dieser Erde zum Ausdruck bringen, ich ... ich will die Erde spüren!«

Ich war ein bisschen in den Küchenfußboden eingesackt, und mein kleines Herz pochte so sehr, dass ich sehen konnte, wie mein Nicki-Pulli sich senkte und hob.

»... und hinterher hat er sich auch noch auf'm Acker gewälzt und ›ich liebe dich‹ geschrien und sich den Mutterboden ins Gesicht geschmiert«, fuhr meine Mutter fort, mir in den Rücken zu fallen, »und dann ist er durch die Straßen gelaufen und hat überall behauptet, er sei Teil der Welt ...«

»Junge, Norbert, was soll denn aus dir bloß noch werden?«, fragte mein Vater und legte mir seine schwere Hand, fast eine Pranke, auf die Schulter.

»Ich werde Schamane!«

»Was wirst du?«

»Schamane!«

Meine Eltern sahen sich verwirrt an, und es wurde mucksmäuschenstill in der Küche. Ich wusste genau, was sie jetzt dachten: »Ist das wirklich unser Kind?« und »Das kann eigentlich gar nicht unser Kind sein« und »Wenn's keine Hausgeburt gewesen wäre, würden wir glatt sagen, es ist vertauscht!«

Ich wuchs wieder aus dem Küchenboden heraus, in dem ich vorhin versunken war. Ich war froh, dass ich das endlich mal erwähnt hatte mit meinem Berufswunsch.

»Los, komm mit raus, Schamane Norbert«, befahl mein Vater, »der Maulwurf wartet!«

Dann standen wir vor dem Haus und schauten auf die große Rasenfläche, die sich davor erstreckte. Sie war von Rhododendronbüschen gesäumt, die alle schon etwas verblüht aussahen von wegen der Jahreszeit. Sie erfüllten gar nicht ihren Zweck zu zieren; sie sahen aus wie alte Omas, die lieber bald sterben wollten. Ich fand die kleinen Erdhügel, die da in einer gewissen, manchmal etwas abweichenden Regelmäßigkeit wie braune Noppen aus dem Rasen ragten, eigentlich ganz schön. Sie sahen aus wie erloschene Minivulkane. Manchmal waren sie Aussichtshügel für meine Plastiksoldaten, manchmal eine Landschaft am Fuße des Olymp, wo ich mit meinen drei Barbie-Puppen und einer Big-Jim-Figur das Paris-Urteil nachspielte. Big Jim war dann Paris, und die drei Barbies waren Hera, Athene und Aphrodite. Big Jim wählte Aphrodite zur Schönsten, worauf die ihm Helena, eine andere Schönste, versprach. (Ich zog dafür Hera ein grünes Minikleid an. Sie war dann Helena.) Big Jim entführte Helena, worauf ein sehr modern geführter Trojanischer Krieg ausbrach, in dem unter anderem die Plastiksoldaten eingesetzt wurden. Manchmal waren die Erdhügel aber auch einfach gut für Slalomlauf oder für Gegentreten und *Bum* sagen, und dann staubte es.

»Los, Junge, träum nicht, dreh den Wasserhahn auf!«, blaffte mein Vater, während er das Ende eines Gartenschlauchs in einen der Maulwurfshügel bohrte.

»Heißes Wasser, hörst du?!«

Ich ging und drehte das Wasser auf.

»Jetzt werden wir diesem Donnerkiel erst mal die Füße nass machen, was?«, sagte mein Vater und rieb sich die Hände.

Ich sah die Erdhügel an. »Kann man den Maulwurf nicht ganz einfach nur fangen und irgendwo anders aussetzen?«

»Ach Junge, das ist doch Schamanenscheiße!«

»Ertrinkt der jetzt?«

»Wenn er dumm ist!«

»Und wenn er nicht dumm ist?«

»Dann kommt er raus!«

»Und dann?«

»Dann schlagen wir ihm die Rübe ab!«

»Da mache ich nicht mit!«, schrie ich. Ich war entsetzt.

»Und ob du mitmachen wirst, du willst doch ein Mann werden, oder? Man ist nicht eher ein Mann, bis man einen Maulwurf ausgegraben und erschlagen hat. Das kannst du deinem Vater ruhig mal glauben!«

Ich überlegte, ob ich das glauben sollte. »Ehrlich?«

»Ehrlich!«, sagte mein Vater.

»Wie sieht denn ein Maulwurf aus?«

»Schwarz, Junge, schwarz wie die Nacht, und weißt du was, der ist obendrein auch noch blind.«

Mein Vater steckte das Ende des Gartenschlauchs in einen anderen Maulwurfshaufen.

Ich hatte mich schon sehr auf den Winter gefreut, denn dann würden all die Erdhaufen hart gefroren sein. Dann könnte man sich selbst draufstellen und von einem zum anderen springen. War eine schöne Vorstellung, der Rasen weiß vom Raureif und überall braune, harte Erdhügel. Aber mein Vater hatte einen anderen Plan für die Wiese: »Wir säen das alles neu ein und walzen es dann ordentlich fest. Doch erst mal müssen wir diesen verdammten Philister kriegen, diesen Wurzelfresser, diese Schweinesau. Der frisst meine Rhododendronbüsche unterirdisch ab. Das lasse ich mir nicht gefallen!«

»Scheiß Rhododendron«, sagte ich, fast ohne die Lippen zu bewegen. Immerhin ein Versuch, sich mal zu der Angelegenheit zu äußern.

»Scheiß Rhododendron sagst du?«

Ich sank wieder ein bisschen ein.

»Looos, Schamänchen, umarm meine Rhododendren, los, umarm sie, oder ich versohl dir den Hintern nach Strich und Faden. Was Halbbauers Apfelbäumen recht ist, ist meiner Rhododendronhecke billig!«

Mein Vater packte mich und stieß mich in die Sträucher. »Los, umarmen, aber zack, zack, die sind auch Teil dieser Welt!«

Ich umarmte ein paar Zweige und jammerte, denn ein Ästchen hatte sich in meine Wange gebohrt, und es blutete.

»Ich blute!«, jaulte ich vorwurfsvoll.

»Ein Schamane blutet nicht, los, umarm die Büsche!«

Ich umarmte noch ein paar Zweige mehr.

»Was, das nennst du Umarmen? Ich zeig dir mal, was Umarmen ist!« Und dann warf sich mein Vater auch in die Sträucher und umarmte sie. »Hier, das ist Umarmen, und das, und das, und das auch. Du willst Schamane sein, dass ich nicht lache, hier, so umarmt man Pflanzen, du Amateur!«

Mein Vater kroch durch den Schlamm und umarmte einmal jeden Rhododendronbusch. Er robbte bis runter zum Gartentor und dann auf der anderen Seite des Rasens wieder zurück.

»Hast du jetzt gesehen, wie das geht«, brüllte er, »du Freizeitschamane!«

»Das war nicht echt, Papa, nicht wirklich empfunden, oder hast du etwa die Integration in den totalen Raum gespürt, die Teilnahme am Leben des Universums? Hast du dich in einem dynamischen Zustand des wachen Traums befunden, in einer scharfen Klarheit der greifbaren materiellen und sichtbaren Natur gegenüber? Sag's mir, Papa!«

»Norbert!«

»Sag's mir!«

»Norbert, hör auf!«

»Hast du dich befreit gefühlt von falschen Interpretationen des psychologischen inneren Lebens?«

»Nooooorbeeert!«

»Warst du in einem Zustand der absoluten Übereinstimmung mit der unsichtbaren und den Sinnen nicht mehr wahrnehmbaren Natur?«

»Noooooorrrrrbeeeeeert!«, schrie mein Vater, und seine Stimme überschlug sich, »hör auf damit, hol den Spaten aus dem Keller und fang an, die Erdhügel wegzuschippen!« Sein Kopf qualmte vor Aufregung. Er steckte den Schlauch, aus dem immer noch heißes Wasser schoss, in einen anderen Erdhaufen.

»Hol den Spaten, sag ich, ich flute das hier jetzt alles.«

Ich ging in den Keller runter. Die Emotionen waren ein wenig hochgekocht, aber das musste mal passieren. Schamane, das hieß ja nicht Friede, Freude, Eierkuchen, nein, nein, da musste man auch mal Grenzen aufzeigen. Die Grenzen des logischen Denkens zum Beispiel.

Ich griff einen Spaten, ging zurück zum Rasen und fing an, damit herumzuschaufeln.

»Wie fasst du denn den Spaten an, du willst doch ein Mann werden, oder?«

»Ja«, sagte ich und fasste den Spaten anders an.

»Was, das soll männlich sein? Komm, gib mal her. Wie ist das denn bei euch Schamanen, häh, ihr grabt wohl mit den Händen, wie, häh, häh.« Mein Vater riss den Spaten an sich, fasste ihn anders an als ich, zugegeben, und schippte dann einen Maulwurfshaufen weg. Er schnitt ihn auf Bodenniveau ab, sodass der Eingang zu dem unterirdischen Tunnelsystem freilag. Die Erde verteilte er gleichmäßig im Umkreis von zwei Metern um sich herum.

»So geht das, hast du gesehen, wie ich das mache?«

»Ja«, sagte ich. Zu mickrig, zu devot, wie ich fand. Ich schaute in das Loch, das unter dem Maulwurfshaufen zum Vorschein gekommen war.

»Das«, klärte mein Vater mich auf, »ist einer von seinen Gängen.«

»Aha.«

»Die werden wir alle unter Wasser setzen, bis er irgendwo auftaucht, und dann schnappen wir ihn und schlagen ihn tot, klar?«

Da konnte der aber lange warten, bis ich einen Maulwurf totschlug, entschied ich. Ich schippte die Erdhaufen weg, einen nach dem anderen, legte Eingang um Eingang frei zu dem Höhlensystem unter dem Rasen. Mein Vater folgte mit dem Schlauch.

»Junge, kannst du dir vorstellen, dass all diese Haufen, ja, all diese Haufen ein einziger Maulwurf geschaufelt hat?«

»Weiß nicht.«

»Ist so Junge, kannst du mir glauben.«

Ich rasierte den letzten Erdhaufen weg. Mein Vater steckte den Schlauch in das Loch.

»Und jetzt?«

»Jetzt gehst du zum Fenster rüber. Du bildest eine Kette mit Mama. Helga – Helga?«

»Jaha!«

»Reich dem Jungen die Eimer mit dem kochenden Wasser jetzt raus.«

Meine Mutter hatte die ganze Zeit über Wasser gekocht. Ich nahm die Eimer an, gab sie meinem Vater, und der schüttete sie immer da aus, wo vorher ein Erdhügel gewesen war.

»Na, das ist was, Schamane, häh, das ist was!«

Er schüttete überall kochendes Wasser aus, und der Schlauch pumpte obendrein heißes Wasser dazu, bald stand es zehn Zentimeter hoch.

»Scheint ein dummer Maulwurf gewesen zu sein«, sagte ich.

»Los, hol noch einen Spaten, nein, hol zwei Spaten. Helga ... Heeeelga!«

»Jaha?«

»Komm raus, du musst graben helfen!«

»Und was ist mit dem Mittagessen?«

»Interessiert jetzt nicht, komm graben!«

Mein Vater, meine Mutter und ich standen und gruben den Rasen um, und weil der Boden aufgeweicht war, versanken wir bis zu den Knien im Schlamm.

»Das säen wir neu ein und walzen es dann fest. Im Frühjahr wächst hier schönstes Gras, ihr werdet es erleben.«

»Aaaaaaaah!«, ein schriller Schrei von meiner Mutter. »Eine Ratte!«

Mein Vater und ich robbten durch den Schlamm zu meiner Mutter, und dann sagte mein Vater: »Das ist keine Ratte, Helga, das ist der Maulwurf.«

Ja, da war ein kleiner Maulwurf, das Fell ganz nass. Schwarz und winzig, und der kleine Körper zitterte, und er schlug kleine Wellen im Wasser. Oh, wie süß. Aber dann holte mein Vater mit dem Spaten aus und schlug das arme Tier in der Mitte durch.

Eine Stunde später machte ich Beerdigung. Die drei Barbies waren dabei und Big Jim und noch eine Darth-Vader-Puppe, die ich mir von Guido Baumann geliehen hatte. Darth Vader war als Einziger richtig gekleidet für diesen Anlass.

Guido Baumann:

Angebotszettel

Der Opel Commodore fuhr vor. Ich lag bereits auf der Lauer. Wir wohnten in einem der neuen Häuser. Es war der bessere Teil der Siedlung, es waren die besseren Häuser, es waren die besseren Familien, die besseren Menschen, und das stimmte ja auch wirklich. Man konnte es auf den ersten Blick erkennen: Hier wohnte kein Abschaum.

Ich schob die Gardine noch ein klein wenig mehr zur Seite. Der dicke Stachowitz ließ wie immer den Motor laufen. Es war 6.15 Uhr, pünktlich. Er hatte den Choke noch gezogen. Musste wohl schlecht angesprungen sein, heute früh. Frost Anfang Oktober war ja auch nicht die Regel. Die alte Karre qualmte und heulte auf Hochtouren. Dann sprangen drei dünne Kinder raus. Barfuß. Der Dicke blieb sitzen. Er hatte noch seinen Schlafanzug an, und er war nicht gekämmt. Garantiert auch nicht gewaschen.

Die dünnen Kinder hatten Zeitungen im Arm. *Lippische Landesschau.* Alle in unserer Siedlung hatten die *Lippische Landesschau* abonniert, weil sie die bessere Zeitung war. Eine ostwestfälische FAZ, nur viel lokaler. Eins von den drei dünnen Kindern war Irene. Irene ging in meine Klasse. Noch ... Sie war drei Jahre älter als ich. Nächstes Jahr würde sie eine Klasse unter mir sein. Doof bleibt doof. Für sie gab es kein Weiterkommen mehr. Alle dachten: Hoffentlich ist die bald geschlechtsreif, dann kann sie wenigstens Kinder kriegen. Immerhin, sie hatte mir mal das Radfahren beigebracht.

Ich beobachtete, wie die Kinder von Haus zu Haus liefen, während der dicke Stachowitz im Auto wartete. Die ganze Familie wohnte in Kreimeiers alter Mühle, draußen, außerhalb der Ortschaft. Sie waren zu elft. Neun Kinder, Vater, Mutter. Irenes Vater wurde überall *der Kindermacher* genannt. Er hatte sogar Irenes älterer Schwester Paula eins gemacht, als sie fünfzehn war. So was ging natürlich schnell rum im Dorf. Das war damals, als Irenes Mutter im Krankenhaus lag mit den Zwillingen im Bauch, die sie später tatsächlich Ernie und Bert genannt haben. Irenes Mutter war immer schwanger. Solange ich lebe, kenne ich sie nur schwanger oder im Krankenhaus entbinden. Paulas Balg wurde nichts. Irgendwann schwoll ihr Bauch wieder ab. Alle atmeten auf.

Mit den Stachowitz-Kindern hatte man eigentlich nur in der Grundschule zu tun. Danach gingen sie alle auf die Beklopptenschule, und man sah sie höchstens mal im Bus.

In der ersten Klasse hatte ich mal eine Zeit lang neben Irene sitzen müssen. Ich erinnere mich, dass das eher unangenehm war, denn sie stank immer ganz schön. Die ganze Familie stank, weil alle stinkige Sachen anhatten, und ich wollte nicht wissen, was da unten in dem Opel Commodore jetzt für eine Luft war. Meine Mutter meinte mal, die Kinder würden auch nicht eben zur Sauberkeit erzogen. Bernhard zum Beispiel bekam schon mit vierzehn ein Gebiss, weil ihm alle Zähne weggefault waren. Die Dorfmeinung lautete, dass die ganze Familie Stachowitz bestenfalls als schlechtes Beispiel zu gebrauchen wäre.

»Schau dir das nur gut an«, hatte mein Vater mir mal gesagt. Wenn ich mich nicht anstrengen würde in der Schule, würde ich genauso enden wie die: stinkend und ohne Moneten, und ein Leben lang Zeitungen austragen und Angebotszettel vom Edeka-Markt. Unter anderem deshalb lag ich hier ja auf der Lauer: um mir das anzugucken.

Irene kam gerade auf unser Haus zu und steckte die Zeitung und den Angebotszettel an den Jägerzaun. Alle hier hatten einen Jägerzaun. Jägerzäune waren die besseren Zäune und außerdem ein Wohlstandsbarometer, wegen des Ziehharmonika-Effektes: Waren die rautenförmigen Zwischenräume, die die sich kreuzenden Zaunlatten bildeten, höher als breit, war der Hauseigentümer sehr wohlhabend. Waren die Rauten gleich hoch wie breit, war er ein besserer Durchschnittsverdiener. Waren die rautenförmigen Zwischenräume jedoch breiter als hoch, handelte es sich um jemanden, der sich das eigentlich alles gar nicht leisten konnte und deshalb den Zaun, so weit es ging, auseinander gezogen hatte, um ein paar Meter Holz und entsprechend Geld zu sparen. Trotzdem, immer noch besser eine Sparversion des Jägerzaunes als eine Hecke oder eine Mauer. Die Stachowitze, die hatten weder Zaun noch Hecke noch Mauer, die hatten nur Schilder rund um ihre Mühle: *Vorsicht Einsturzgefahr*. Aber sie gehörte ihnen ja auch gar nicht, die Mühle. Bei uns in der Straße besaßen alle ihre Häuser, denn besitzen ist besser als mieten.

Irene lief zum Wagen zurück. Ebenso die beiden anderen Stachowitz-Kinder. Es waren Ernie und Bert, die Zwillinge.

Der einzige Nachteil von Jägerzäunen war, dass sie sich gut zum Zeitungen-Dranstecken eigneten. Es gab deswegen schon öfters Ärger, weil die Stachowitze anscheinend zu faul waren, die Zeitungen noch eben die paar Meter bis zu den Häusern zu tragen und in den Briefschlitz zu stecken.

»Da kann ich sie mir auch gleich im Geschäft kaufen«, fluchte meine Mutter.

Irgendwann hatten Nachbarn sich wegen regendurchweichter Zeitungen direkt bei der Lippischen Landesschau beschwert. Das zog. Am Tag nach der Beschwerde warfen die Stachowitz-Kinder die Zeitungen nach amerikanischem Prinzip Richtung Briefschlitz. Sie standen in ihrem langsam fahrenden Commodore, hatten Schutzbrillen auf und ragten oben aus dem Schiebedach raus. Die Zeitungen waren hinterher alle in den Vorgärten verstreut, weil die Stachowitze nicht richtig zielen konnten. Dann doch lieber wieder an den Jägerzaun gesteckt. War ja leider sonst niemand da, der die Zeitungen hätte austragen wollen. Glaubten die ...

Der dicke Stachowitz gab Gas und fuhr weiter. Ich zog einen Mantel über, schlich mich aus dem Haus und zog den Angebotszettel vom Edeka-Markt aus der Zeitung. Gehacktes im Angebot. Hundert Gramm neunundvierzig Pfennig. In der Ferne sah ich den Commodore um die Ecke biegen. Die ganze Straße war voll gequalmt von den Abgasen. Ich rannte hastig von Haus zu Haus und zog überall die Angebotszettel vom Edeka-Markt aus den Zeitungen raus. Dann schnell zurück, leise auf mein Zimmer. Keiner hatte etwas bemerkt. 6.15 Uhr war die ideale Zeit. Da hatte hier noch niemand die Rollladen hoch. Ich versteckte die Zettel in meiner Spielzeugtruhe, zog den Mantel aus, legte mich ins Bett und stellte mich schlafend. Viertel vor sieben kam meine Mutter rein, um mich zu wecken: »Guido, aufstehen.« Sie trat ein paar Mal lautstark mit dem Fuß auf, schaltete mein Radio ein und ließ mich allein. Ich wartete ein paar Minuten, zog mich an und ging runter ins Esszimmer. Der Frühstückstisch war bereits gedeckt, mein Brot schon geschmiert. Ja, hier war alles inklusive. Aber ich machte es meiner Mutter auch leicht, ich aß jeden Morgen das Gleiche: Vollkornbrot mit Nutella, ein Ei, weich, Graubrot in Streifen geschnitten dazu, zum Eintauchen in das Eigelb, eine Tasse Carokaffee. Meine Mutter saß im Morgenmantel am Tisch. Sie trank ein Glas Milch, starrte aus dem Fenster und sagte nichts. Das Ei war ein wenig hart. Die Brotstreifen brachen ab bei dem Versuch, sie ins Eigelb zu tauchen, aber ich verzichtete heute mal auf eine

Beschwerde. Wir sprachen morgens nie viel. Meine Mutter würde sich wieder ins Bett legen, sobald ich aus dem Haus war, um zwei Stunden später nochmal aufzustehen, sich anzukleiden, die Zeitung vom Jägerzaun zu ziehen und dann allein und lesend zu frühstücken.

»Tschüs«, sagte ich.

»Tschüs.«

»Übrigens, das Ei war hart.«

»Oh.«

Ich war schon draußen. Ich musste den Bus kriegen.

Als ich mittags aus der Schule kam, stand das Essen bereits fertig auf dem Tisch. Wirsingkohl, Bauchfleisch, Kartoffeln, Soße, Suppe vorweg, Pudding hinterher. Meine Mutter hatte wie immer schon vorher gegessen. Ihr war das zu spät, zwei Uhr. Sie saß am Tisch und löste das Kreuzworträtsel in der Zeitung.

»Irgendwelche Sonderangebote im Supermarkt?«, fragte ich.

»Keinen Angebotszettel gekriegt.«

»Ist ja was ...« Ich mampfte den Wirsingkohl.

»Zweite Woche schon keiner drin.«

»Boh!« Bauchfleisch paniert. Lecker.

»Mal wieder beschweren.«

»Muss wohl sein.« Vanillepudding mit Erdbeeren. Vermutlich als Entschädigung für das zu harte Ei. Na also, geht doch.

»Nachbarn haben auch keinen gekriegt!«

»Nich' wahr!«

»Doch. Wahr!«

Der Angebotszettel vom Edeka-Markt war wichtig, denn wenn es genügend Angebote gab, kauften die Leute am Wochenende hier im Ort ein und nicht im Supermarkt in der nächsten Stadt.

»Das kann doch wirklich nicht so schwer sein, so einen Zettel zur Zeitung dazuzulegen«, sagte ich.

»Offenbar sind gewisse Leute damit überfordert.«

Seit der Sache mit Paula und ihrem Vater war meine Mutter gar nicht mehr gut auf die Familie Stachowitz zu sprechen. So was kam hier in der Gegend nicht gut an, eigene Kinder schwängern.

»Ich geh hoch, Hausaufgaben«, murmelte ich, bereits aufgesprungen, den Mund noch voll, und verzog mich aus dem Esszimmer. Später am Nachmittag verbrannte ich die Angebotszettel außer Sichtweite des Dorfes auf einem Acker.

Am nächsten Morgen wurde ich erst wach, als ich draußen den Commodore rasseln hörte. Hechtsprung zum Fenster. Es hatte schon wieder gefroren. Alles war mit Reif überzogen. Die Zeitung steckte bereits am Jägerzaun, und drei von den dünnen Stachowitz-Kindern stiegen in den Wagen ein. Es waren Püppi, Paula und Horst. Drei andere als gestern. Vermutlich machten sie Arbeitsteilung. Dem Kindermacher steckte ein Zigarrenstummel im Mund. Sicher hatte er kein Geld für eine ganze Zigarre. Man sah ihn immer nur mit einem erloschenen alten Stummel. Arme Sau. Als sie weiterfuhren, zog ich mich schnell an, schlich wieder raus und zog überall die Zeitungen vom Jägerzaun. Es war die dicke Wochenendausgabe mit der kostenlosen TV-Beilage. Es war ein ziemlicher Stapel, und ich ging damit direkt in unseren Garten. Die Jalousien meiner Eltern waren noch heruntergelassen. Ich begann, die Zeitungen abzubrennen, aber es wollte nicht so recht klappen, also faltete ich sie alle auseinander und legte jedes Blatt einzeln in die Flammen. Die TV-Beilage verbrannte zu grauen, schwebenden Schnipseln, die erst bis übers Haus aufstiegen und dann als Ascheregen wieder vom Himmel fielen. Ich überlegte gerade, wie ich die Spuren meiner Arbeit am besten und schnellsten beseitigen könnte, als mit einem Ruck die Jalousie des Schlafzimmerfensters meiner Eltern hochgezogen wurde. Das war meine Mutter, sie zog die Jalousie immer ruckartig hoch, weil ihr für langsam die Kraft fehlte. Kurz und konzentriert, fast wie ein Schuss. Das letzte Zeitungsblatt verbrannte gerade. Um mich herum schwebten die Ascheschnipsel der TV-Beilage.

»Bist du wahnsinnig, was machst du da!«, schrie meine Mutter und zog die Gardine zur Seite, um besser sehen zu können. Ich war in keiner guten Position, ertappt im Ascheregen.

»Ich spiele!«, versuchte ich die Situation zu retten, während ich gleichzeitig die letzte Glut austrampelte.

»Spielen? ... Du verbrennst da doch was!«

»Alte Schulhefte und Bravos!«

»Ich glaube, ich spinne, Samstagmorgen macht der Junge Feuer im Garten. Los, komm sofort rein.«

Meine Mutter gab mir eine Kopfnuss, als ich durch die Haustür trat.

»Vier Wochen Taschengeldentzug«, hörte ich meinen total verschlafenen Vater brüllen. Die Stimme sackte ihm ein paar Mal weg. »... was hat er denn gemacht?«

»Feuer!«

»Feuer? ... Sechs Wochen Taschengeldentzug! Der soll jetzt endlich lernen, sich zu benehmen, dieser ...« Der Rest des Satzes verendete im Kopfkissen. Mein Vater schlief weiter.

Ich ging rauf auf mein Zimmer. Die nächsten Tage verhielt ich mich ruhig.

Als ab Montag wieder pünktlich um viertel nach sechs der Commodore vorfuhr und die barfüßigen Stachowitz-Kinder ausschwärmten, schaute ich ihnen durch die Gardine zu wie eine Spinne. Einmal hatte ich das Gefühl, Irene würde zu mir raufschauen.

Dann war wieder Freitag. Eben hatte der dicke Stachowitz seine Karre gestoppt, nein – die Bremsen waren ihm wohl kaputtgegangen, die Kinder hatten den Wagen zum Halten gebracht. Die kleinen Füße raus aus der Tür und über den Asphalt. Hatten die denn Hornhaut wie Panzerplatte? Ach nee, Angebotszettel drumgewickelt. Der Auspuff war auch kaputt. Schon seit sechs Uhr konnte ich den Wagen hören. Laut dröhnend stand er jetzt vor unserem Haus. Die Kinder sprangen raus. Diesmal waren es Grobi, Watzlaff und Bernhard. Sie steckten flink die *Lippische Landesschau* an die Jägerzäune. Ich sah die gelben Edeka-Markt-Angebotszettel zwischen den Seiten herauslugen und freute mich. Als der Commodore weg war, schlich ich, wie schon in der vergangenen Woche, aus dem Haus, zog die Angebotszettel aus den Zeitungen der gesamten Nachbarschaft, schlich zurück, rein und rauf, versteckte sie in meiner Spielzeugkiste und stellte mich schlafend, bis meine Mutter ins Zimmer trat und mit den Füßen auf den Boden trampelte, um mich zu wecken. Heute hatte sie wohl was vor. Sie war bereits angezogen und hatte sich auch schon die Zeitung geholt.

»Wohin?«, fragte ich.

»Zahnarzt!«

»Schmerzen?«

»Nein, Kontrolle.«

Wir frühstückten zusammen. Ich hatte das Übliche. Das Ei war weich.

»Schon wieder keine Angebotszettel«, fauchte meine Mutter, während sie wütend die Zeitung durchblätterte, so, als ob der Zettel doch noch irgendwo stecken könnte. »Diese verdammten Stachowitze, letzte Woche haben sie gleich die ganze Zeitung vergessen. Man sollte sie, ach was weiß ich, ausweisen oder einsperren, die passen doch einfach nicht hierher. Das ist doch keine Arbeitseinstellung! Stell dir mal vor, ich würde meinen Haushalt so führen, da wärst du aber schon längst verhungert.«

Typisch Mutter, hielt sich für unentbehrlich, dabei hatte ich die doch voll unter Kontrolle.

»... außerdem leben die ja sowieso vom Kindergeld! Neun Kinder, da kommt ganz schön was zusammen. Und man sieht es ja auch, der Kindermacher dick und fett und seine Gören nichts auf den Rippen. Der frisst denen alles weg, und die Kinder müssen klauen gehen. Wozu gibt es eigentlich Erziehungsanstalten?«

Jetzt war sie richtig in Fahrt. Sie knüllte sogar die Zeitung zusammen.

»Da ist 'ne Beschwerde fällig, bei Frau Büscher.«

Frau Büscher war die Geschäftsführerin des Edeka-Marktes. Jetzt musste ich es sagen. Vorsichtig mischte ich meinen Plan unter ihre Wut: »Ich könnte ja die Zettel austeilen.«

»Du?«

»Hm!«

»Kein schlechter Vorschlag eigentlich!«

Meine Mutter starrte ins Nichts, hatte sicher ein Bild von mir mit meiner Umhängetasche vor Augen. Die Umhängetasche voll mit Angebotszetteln. »Eine vernünftige Sache, Guido!«

Als ich mittags aus der Schule kam, war das Essen bereits fertig. Nudeln mit was drüber. Lecker.

»Du hast ab nächste Woche eine Arbeit«, sagte meine Mutter, »da hatten sich schon mehrere beschwert wegen der Angebotszettel. Die Stachowitze sollen das jetzt nicht mehr machen. Frau Büscher will es mit dir versuchen. Vierzig Mark die Woche. Gut?«

»Gut!«

Als ich am nächsten Morgen den Opel Commodore hörte, wollte ich eigentlich erst liegen bleiben. Einen Job kriegen war eine Sache, ihn hinterher auch machen eine andere. Aber dann ging ich doch runter, um nochmal die dicke Wochenendausgabe einzusammeln. Ich hatte gerade fünf Zeitungen von den Jägerzäunen abgezogen, da kamen die Stachowitze, diese Asis, plötzlich wieder um die Ecke gefahren. Ich wollte Hilfe rufen und wegrennen, aber Grobi und Ernie und Bert hatten mich schon in den Wagen gezogen, ehe ich auch nur einen Laut von mir geben konnte.

»So, du Sau, jetzt haben wir dich.«

Sie fuhren mit mir in ihre Mühle, und immer wenn ich etwas sagen wollte, zischten sie »Halt's Maul« oder »Schnauze!«. Ich pisste in die Hose. Verdammt, auch das noch.

In der Mühle war es kalt, und an den Wänden stapelten sich Packen in Folie geschweißter Zeitungen und Werbezettel. Außerdem war es stinkig. Der Geruch war der, den ich von Irene kannte.

»Fesselt ihn auf den Stuhl!«, befahl der alte Stachowitz.

Ernie, Bert, Grobi und Watzlaff fesselten mich mit einem Stromkabel, das sie einfach so von der Wand abrissen, auf einen schäbigen alten Korbstuhl.

»Glaubst, du könntest uns unsere Jobs abluchsen, was, Guidolein?«

»Ich war's nicht!«

»Was warst du nicht?«

»Alles!«

»Los, Püppi, Paula, Bauklötze werfen.«

Püppi und Paula bewarfen mich mit Bauklötzen. Das war schmerzhaft.

»Wir haben jetzt fünfzig Mark weniger im Monat, du Schwein!«

»Ich kriege nur vierzig.« Oh, Fehler, aber die waren ja alle doof hier.

Paula spuckte mich an. Ihre Rotze stank nach schlechter Ernährung.

»Und dem hast du mal das Radfahren beigebracht.«

Plötzlich ein Fahrzeug draußen, ein Diesel. Will-uns-doch-wohl-keiner-dazwischenfunken-Gesichter bei der ganzen Stachowitzmischpoke. Folter und Vorwürfe wurden abgebrochen. Ernie und Bert stopften mir das Maul mit Angebotszetteln aus. Wir-haben-nichts-gemacht-Blicke in Richtung Mühlentür, die sich langsam öffnete. Ich hoffte auf Hilfe.

»Überraschung!« Eine Frauenstimme.

»Ach du bist es bloß«, sagte der fette Stachowitz.

Es war seine Frau. Sie kam frisch aus dem Krankenhaus, einen Säugling auf dem Arm. Draußen entfernte sich das Taxi.

»Aha«, sagte sie und schaute mich an. Offenbar war sie im Bilde. »Wisst ihr was, wir nennen dies hier einfach Guido, dann fällt's nicht so auf«, und dann hielt sie ihren Frischling hoch. »Ist zwar ein Mädchen, aber ist doch auch egal«, sagte Frau Stachowitz und reichte den Säugling rum.

Die hatten was Fieses vor.

»Außerdem stinkt es mir hier sowieso«, redete sie weiter, »die Mühle, kein Wasser, kein Strom, die Zeitungen, die Verachtung der Nachbarn. Lasst uns alles anstecken und den Siedlungsjungen gleich mit.«

Die dünnen Stachowitz-Kinder johlten und tanzten um mich herum.

»Na ja«, sagte der alte Stachowitz, »ich habe jetzt zehn gemacht ...«

»Elf«, sagte Paula.

»Also gut, von mir aus auch elf, da kann ich ja auch mal

eins verbrennen lassen.« Er zündete einen Packen Zeitungen an und den Zipfel des Angebotszettels, der mir aus dem Mund raushing. Alle rannten kreischend nach draußen. Ich hörte, wie der Commodore davonfuhr.

Achim Schnuelle:

Der letzte lippische Uhu

Goethe kam in meiner Familie nicht besonders gut an. Die Ablehnung war echt, anerzogen, vererbt möglicherweise, und sie richtete sich vor allem gegen Leute, die Goethe gelesen hatten, und im Besonderen gegen Leute, die sich damit hervortaten, Goethe gelesen zu haben. Goetheleser waren wie Dackel, die man in den Tiefschnee gestellt hatte; sie schmolzen ein paar Zentimeter runter und wurden dann steif. Die kamen irgendwie nicht klar, die würden schon umkommen, wenn sie nicht mehr mit warmem Wasser duschen könnten, die waren nur für künstliche, möglichst wattierte Lebensräume geschaffen. Wenn das richtige Leben mal über sie hereinbrechen würde – na dann gute Nacht. Wir jedenfalls duschten seit drei Generationen kalt, und vorher, na, da hatten wir überhaupt keine Dusche.

Abgesehen davon, dass meine Mutter gelegentlich sagte: »Goethe sprach zu Schiller, du bist ein alter Triller, Schiller sprach zu Goethe, du bist 'ne alte Tröte«, kam der Dichter in unserem täglichen Leben nur selten zur Sprache. Höchstens, dass mal jemand, den man doof fand, als Goethe bezeichnet wurde.

Als mein Großvater siebzig Jahre alt war, er wohnte übrigens im Haus nebenan, heiratete er seine dritte Frau. Seine zweite Frau, meine echte Oma, war kurz vorher verstorben. Mein Opa war wohlhabend und bei den Leuten im Dorf beliebt, was sich aber bald ändern sollte. Seine neue Frau kam aus Faulensiek, einem Kuhkaff in der Nähe von Kalldorf, das aus einer Hand voll Häuser und drei Bauernhöfen bestand. Die Frau war die Tochter der Witwe Annegret Mölders, hieß Gitti und war siebzehn.

»In meinem Alter werde ich den Teufel tun, irgendwas auf die lange Bank zu schieben«, tönte mein Großvater, als die Nachbarn anfingen, darüber zu reden. Mein Opa und Gitti heirateten in Las Vegas. Auf dem Foto vor einem weißen Haus mit dem Namen *Wedding Chapel* sah mein Opa aus wie fünfzig, Gitti sah aus, als wüsste sie nicht, wo sie sich befindet.

Er und Gitti verspielten 20 000 Mark an einarmigen Banditen, angeblich, weil Gitti das Spiel nicht verstanden hatte.

Mein Vater fluchte, dass, wenn Opa so weitermache, es vermutlich nichts mehr würde mit dem Anbau, den er uns finanzieren wollte, und wer als Erster für immer in die Kiste steigen würde, Opa oder er, das wäre dann ja wohl auch noch nicht klar.

Als mein Opa und Gitti zurück waren, wurde mit der ganzen Verwandtschaft die Hochzeit nachgefeiert.

»Zugegeben«, posaunte Opa, »sie ist nicht die Schönste und bestimmt auch nicht besonders klug, aber besser als jede über fünfzig, das ist sie, das ist ja wohl klar. Bei alten Frauen gibt es doch nur eins zu beobachten, der Arsch wird immer dicker und die Beine immer krummer.«

Die Hälfte der Verwandtschaft verließ die Feier.

»Das hat nicht mal Goethe geschafft«, brüllte mein offenbar betrunkener Opa – oder war es Jetlag? – die verbliebene Verwandtschaft an, »mit siebzig 'ne Siebzehnjährige! Versucht hat er es ja, aber geschafft, nee, und warum nicht? Weil die künftige Schwiegermutter dagegen war. Bei uns ist das anders, nicht wahr, Annchen?« Grinsend nahm er die Witwe Annegret Mölders in den Arm. Sie war zweiundvierzig. Ihr Mann war im vergangenen Jahr bei dem Versuch, das Haus zu renovieren, ums Leben gekommen.

»Was, Schwiegermama, mit dir habe ich einen guten Griff getan.« Auch die andere Hälfte der Verwandtschaft schien sich jetzt unauffällig entfernen zu wollen.

»Bevor ihr nun alle abhaut, noch eins: Wisst ihr, der Goethe, der litt unter Erektionsschwäche. Der konnte fast nie, und wenn er mal konnte, dann war er zu früh. Das war bestimmt kein Zuckerschlecken für die Damen, was Gitti, oder was meinst du?«

Ich fragte mich, ob Gitti überhaupt wusste, dass sie mit meinem Opa verheiratet war. In einem Heim wäre sie sicherlich besser aufgehoben gewesen als in einer Ehe.

Wenn ich entweder wie Goethe oder wie mein Großvater sein müsste – wie zum Teufel würde ich mich da bloß entscheiden? Und ob das wohl alles stimmte, was mein Opa über diesen Goethe wusste, dass er ein impotenter Frühspritzer war und so weiter. Als Gittis Mutter mit zu meinem Großvater zog und bekannt wurde, dass sie zu dritt in einem Bett schliefen, pflanzte mein Vater eine hohe, dichte Lebensbaumhecke zwischen Opas Haus und unseres. Gitti schaute vom Fenster aus zu.

»Es gibt Momente im Leben, da muss man sich klar von den Seinen distanzieren«, sagte mein Vater.

Sonntags gab es die Wahl zwischen Kirche und Kirchberg. Kirche bedeutete harte Bänke, hinknien, Omas, die kakophonisch schräbbelten und dabei Befreiung oder Vergebung empfanden und die ich nur ertrug, wenn ich mir vorstellte, wie ihre Köpfe sich öffneten, die Seelen herausflogen und gegen die bunten Kirchenfenster knallten. Kirche bedeutete auch, dass es nur ein schnell zubereitetes Mittagessen gab oder – wenn es gut lief – die Option, zur Frittenbude zu fahren. Kirchberg bedeutete stundenlanges, stumpfsinniges Umherwandern im gleichnamigen Waldgebiet, zusammen mit meiner fußfaulen Schwester und meinem Vater, der ständig Vogelstimmen imitierte. Der Spaziergang wurde jedes Mal mit einem Besuch im *Felsenkeller* beendet. Anschließend nahmen meine Schwester und ich meinen Vater bei der Hand, damit er nicht umfiel. Zu Hause erwartete uns ein sorgfältig zubereitetes Essen, zubereitet allerdings von einer total mies gelaunten Mutter. Mies gelaunt, weil wir erstens nicht gemeinsam in der Kirche gewesen waren und zweitens mein Vater, stinkbesoffen wie er war, ihr Essen nicht zu würdigen wusste. Kirche oder Kirchberg, beide Programme waren beschissen, aber es war ein Kirchbergsonntag, als ich mal wieder was über Goethe erfuhr.

Wir waren bereits im Gasthaus *Felsenkeller* am Fuße des Kirchbergs angelangt. Der legendäre Blick von dort auf das Wesertal existierte nicht mehr, weil er von hohen Tannen versperrt wurde, die der Besitzer vor ein paar Jahren gesetzt hatte. Es war mir nicht ganz klar, wieso jemand direkt am Wald Bäume pflanzt, aber das alte Sprichwort, dass, wo viel ist, viel dazukommt, schien sich hier mal wieder zu bestätigen. Meine Schwester und ich tranken Limonade, mein Vater Korn und Bier. Die ausgestopften Tiere an den Wänden sahen uns wie immer dabei zu. Insbesondere der dicke Uhu.

Meine kleine Schwester schlug etwas aus der Art. Sie las Bücher und versuchte, sich gewählt auszudrücken. Sie las zum Beispiel einfach nur so den Duden durch oder ein Taschenlexikon. Dabei war sie gerade mal sieben. Wenn niemand zu Hause war, schloss ich sie im Keller ein und schaltete das Licht aus. Lesen konnte sie dann nicht mehr. Ich wollte ihr mit dieser Maßnahme ihre hochnäsige Ausdrucksweise und ihre gottverdammte Besserwisserei austreiben. Sobald ihre Schimpftiraden in Geheul und Gewimmer übergingen, öffnete ich die Kellertür einen Spaltbreit und rief zu ihr hinunter, Gesuche um die Herauslassung aus dem Keller seien bitte in einem vollständigen deutschen Satz vorzutragen. Die Besserwisserei kriegte ich nicht aus ihr raus, aber immerhin traumatisierte ich sie so sehr, dass sie anfing zu stottern, was sie – soviel ich weiß – noch heute tut.

»W-w-welche b-b-berühmte P-p-p-p-p-persönlich-k-keit m-mit A-a-a-anfangsb-b-buchs-s-stabe G-G-G saß sch-sch-schon i-i-in d-dieser Ga-ga-ga-gaststätte u-u-und geno-no-noss d-den Bl-l-l-l-lick a-auf d-das W-w-w-weserta-ta-ta-tal?«

Ich schaute den Uhu an. Ich wusste nicht, wer hier schon gesessen hatte.

Mein Vater nahm einen Schluck aus seinem Bierglas, grinste und sagte: »G-g-goebbels.«

Meine Schwester wurde rot wie eine Tomate. Sie hasste es, wenn man sich über ihr Stottern lustig machte. Alle Stotterer hassen das.

»N-n-n-nein, n-nicht G-g-goebbels, G-g-goethe s-s-saß sch-sch-schon hier.«

»Nein, nicht G-g-goebbels, G-g-goethe«, äffte mein Vater sie nach. »Wer zum Teufel ist denn schon Goethe, Goebbels ist doch viel berühmter als Goethe, Stotterliese.«

Ja, da hatte ich mal wieder was dazugelernt, Goebbels war berühmter als Goethe, und beide waren sie schon mal im *Felsenkeller* gewesen. Allerdings, von einem, der Goebbels hieß, hatte ich noch nie gehört. Für den Wirt des *Felsenkellers* schien Goebbels jedoch so was wie ein Stichwort zu sein: »1932 war der Goebbels hier. Und Hitler war in Kalldorf!«

»Na, dass Hitler berühmter ist als Goethe, darüber sind wir uns ja wohl einig, was!«, sagte mein Vater.

»Hi-hi-hitler f-fängt n-nicht mit G-g-geh an, und er wa-wa-wa-war i-i-in Ka-ka-kall-d-dorf.«

Der Wirt kam zu uns rüber und brachte noch eine Limonade für meine Schwester.

»Nein, Mädchen, Hitler war auch hier, aber nicht hier drinnen. Er war draußen auf dem Parkplatz im Wagen. Hat den Goebbels abgeholt, und dann wurden sie gemeinsam mit Eskorte nach Kalldorf gefahren, weil, die waren nämlich auf Wahlkampftour gewesen und ... schau mal da«, er deutete auf zwei gerahmte Handschriften, die unter dem ausgestopften Uhu hingen, »rechts, das ist eine Handschrift von Goethe, da hat er sich notiert, wie er von hier nach Kalldorf kommt, und zwar durch den Wald, der war hier nämlich wandern.«

Wir schauten zu den unscheinbaren gerahmten Zetteln.

»Links, das ist auch eine Wegbeschreibung nach Kalldorf, allerdings von Goebbels und für die Autostraße.«

Komisch, dass beide die Wegbeschreibung liegen gelassen hatten.

Das Gasthaus *Felsenkeller* wurde in den siebziger Jahren zu einem Bordell umgebaut. Der Betreiber köpfte die Tannen vor dem Haus in einem Meter Höhe und unterteilte den großen Gastraum mit Rigipsplatten in zehn Einzelzimmer. Der dicke Uhu landete als *Der letzte lippische Uhu* im Heimatmuseum. Die Handschriften von Goebbels und Goethe verschwanden spurlos. Nach dem Umbau verirrten sich die Altherrenmanschaften der Region nach Fußballspielen immer mal wieder auf ein Bier in den *Felsenkeller*, und zu Manöverzeiten waren die Waldwege rings um das Haus zugeparkt mit englischen Panzern, und wenn das Wetter gut war, fickten die Soldaten die Huren auf dem Balkon direkt über dem Eingang. Der Bordellbetreiber brachte neben der Eingangstür ein Schild mit der Aufschrift *Goethe was here* an.

In der Schule wollten wir mal ein Stück von Goethe lesen. Den *Götz von Berlichingen*. Wir hätten auch wahlweise *Die*

Räuber von Schiller lesen können, aber irgendwer wusste, dass in dem Buch von Goethe was mit Arschlecken vorkam, und das hat uns dann mehr gereizt als Triller-Schiller. Dem Deutschlehrer war es sowieso egal. Nach dem ersten Satz wusste ich, dass das Buch Scheiße ist und dass ich es nicht durcharbeiten wollte. Zufällig wurde das Stück gerade im Mindener Stadttheater aufgeführt. Na prima, dann brauchte man es nicht extra lesen. Die ganze Klasse ging hin. Schulklassen aus dem gesamten Mindener Umland waren da. Unser Deutschlehrer auch. Raimund Harmstorf spielte den Götz von Berlichingen. Als er auf die Bühne kam, gab es Applaus, und das ganze Theater brüllte im Chor: »Seewolf! Seewolf! Seewolf!«

Das Licht ging an, und es gab erst mal eine Unterbrechung. Unser Deutschlehrer forderte uns auf, gefälligst die Schnauze zu halten. Der Seewolf sah tatenlos zu. Immerhin war er in diesem Theater beliebter als Goethe. Die Theaterleitung mahnte uns höflich zur Ruhe. Vermutlich im Hinblick darauf, dass wir zukünftiges Theaterpublikum werden könnten, vielleicht sogar Abonnenten für eine ganze Spielzeit. Das Licht ging wieder aus, das Stück weiter. Baumann, Dorfstecker und ich saßen in der Loge. Weil das Stück Scheiße blieb, warfen wir unsere Coladosen in den Zuschauerraum. Eine traf einen am Kopf, es wurde kurz laut, aber das Licht ging nicht wieder an. Wir bauten Papierflugzeuge aus den Programmheften und ließen sie in Richtung Bühne gleiten. Das brachte Lacher. Dann kam die Szene, in der der Widersacher vom Götz, Weislingen, einen nicht enden wollenden Sterbemonolog hält. Im ganzen Saal fingen die Leute an zu kichern, und schließlich brüllte Baumann: »Kratz endlich ab, du Sau, wir wollen nach Hause.« Weislingen wurde von Claus Wilcke dargestellt, bekannt aus der Detektivserie *Percy Stewart*, und als der nun aufstand, das Licht anging und er ansetzte, uns zusammenzustauchen von wegen Goethes Sprache, schwere Sprache und so weiter –, begannen Baumann, Dorfstecker und ich, den Titelsong aus *Percy Stewart* zu singen: »*Percy Stewart, das ist unser Mann. Ein Mann, ein Mann, ein Mann der alles kann.*« Percy brüllte rum, er kotzte sich richtiggehend aus. Wir sangen einfach immer weiter. Schließlich wurde sogar der Spot auf unsere Loge gerichtet. Wir machten Fuckfinger und Peacezeichen. Unser Deutschlehrer sagte nichts. Er wollte auf keinen Fall mit uns in Verbindung gebracht werden. Die Theaterleitung pfiff auf ihre zukünftige Abo-Kundschaft und setzte knappe, scharfe Sätze ein, die im Vergleich zu Goethes Rumgeschnörkel wirklich Kraft hatten. Einige Memmen ließen sich davon sogar einschüchtern. Dann ging das Licht wieder aus, Percy Stewart ging zurück in Sterbeposition und führte seinen Monolog genau da weiter, wo er ihn unterbrochen hatte. Das war wirklich beeindruckend, echt professionell. Baumann, Dorfstecker und ich hauten ab, fest davon überzeugt, dass Percy Stewart und Wolf Larsen genauso auf Goethe schissen wie wir. Wir gingen Pommes essen. Später trafen wir Percy Stewart in der Fußgängerzone von Minden. Er hatte eine weiße Pelzjacke an, die wie ein Flokati aussah. Echt ungoethisch, wie wir fanden. Er verschwand in ein Lokal, das ein paar Jahre später niedergebrannt wurde.

Mein Großvater starb im Alter von zweiundachtzig Jahren. Es war eine gut besuchte Beerdigung. Fünf Kinder hatte er noch gezeugt. Zwei davon hatte seine Schwiegermutter zur Welt gebracht.

Nach der Beerdigung fuhr ich mit meiner Freundin nach Weimar. Sie wollte sich das Goethehaus ansehen. Goethe, da war er wieder. Ich fuhr mit, weil Buchenwald auch da war. Das interessierte mich mehr. Vom Goethehaus blieb bei mir nicht sehr viel hängen, aber ich erinnere mich, dass ein Zimmer blau war. Im blauen Zimmer kamen zwei Bildungsbürgertanten darin überein, dass Goethe kein Mensch gewesen wäre, sondern ein Übermensch. Ich kriegte das nur zufällig mit, sah mich aber veranlasst, mal nachzufragen, ob sie eigentlich jemals im Leben richtig durchgefickt worden seien. Meine Freundin blickte mich an, als ob sie mich auf der Stelle verlassen wollte.

»Vermutlich nicht, wie?«, rief ich den beiden Schachteln hinterher, die es nicht mal für notwendig befunden hatten, sich zu verteidigen. »Wohl überhaupt noch nie 'n Orgasmus gehabt, was?!«

Das Aufsichtspersonal des Goethehauses forderte mich auf, zu gehen.

»Da brauchen Sie mich gar nicht auffordern, das mache ich freiwillig!«, brüllte ich.

Als wir von unserem Ausflug zurück waren, verließ meine Freundin mich tatsächlich. Typisch Frau, aber erst noch mit nach Hause fahren. Sie war dann bald mit einem zusammen, der Wolfgang hieß. Das Heimatmuseum wurde aufgelöst. Ich kaufte für zwanzig Mark den letzten lippischen Uhu.

Guido Baumann:

Zahnarzt

Der Tag, an dem Dr. Weber mit dem Bohrer abrutschte, brachte für mich allerhand Nachteile mit sich. Wir wechselten mitten im Quartal den Zahnarzt. Ich dachte, so was wäre überhaupt nicht erlaubt.

»Ist es auch nicht«, sagte meine Mutter.

Von wegen, die Gedanken sind frei –

Wir marschierten an der Bundesstraße entlang. Richtung nach Hause. Meine Mutter vornweg.

»Aber ...«

»Nichts aber, zu dem gehen wir nie wieder hin.«

Ich hatte Muskelkater vom Zähnezusammenbeißen.

Wenn meine Mutter ein Auto kommen hörte, stellte sie sich so hin, dass ein Bekannter uns erkannt und mitgenommen hätte. Wir liefen die ganze Strecke zu Fuß.

Ich setzte meine Sonnenbrille auf. Norberts Vater fuhr vorbei, aber mit dem waren meine Eltern verfeindet. Wegen des Staudamms. Seit Willi Kotzolt den Fluss aufgestaut hatte, um damit eine Turbine zu betreiben, war er ziemlich unbeliebt. Der Staudamm kam bei den Wasseranrainern nicht gut an. Es gab Pläne, die Turbine zu beschädigen, und es gab Pläne, sein liebstes Kind, seine Rhododendronhecken, eingehen zu lassen. Gezieltes Anschneiden der Rinde kurz über der Erde. Von außen überhaupt nicht zu sehen. Drei, vier Wochen und die Dinger sind eingegangen.

Einen ersten Anschlag hatte es bereits gegeben. Mitten auf seinem riesigen Rasen befand sich eine Blutbuche. Geschenk zum Fünfundvierzigsten. Den Baum hatte der Korf heimlich angesägt, und als Norbert Kotzolt Rasen gemäht hat, ist er einfach umgefallen. Natürlich fiel der Verdacht auf ihn. Hat ihn ganz schön verkloppt, der Alte.

Willi Kotzolt hupte zweimal, als er uns erkannte.

»Blödmann«, sagte meine Mutter.

»Idiot«, rief ich, obwohl ich überhaupt nichts mit der Sache zu tun hatte. Meine Mutter im Grunde auch nicht. Reine Solidarität mit Sasses, Teutschmanns und Korfs. Norbert saß hinten im Wagen. Vermutlich kamen die vom Seelenklempner. Es ging nämlich das Gerücht um, dass er einmal die Woche dahin musste, Gesprächstherapie.

Die Bundesstraße schnörkelte sich durch die grüne Hügellandschaft. Einer mit ’ner Ente schnitt die Kurve und hätte uns beinahe erwischt. Wäre auch egal gewesen. Erst die Einlagen, wegen Senk-Knick-Fuß. Eine Brille sollte ich auch bekommen und jetzt noch das mit dem Kiefer. Plötzlich hatte es geheißen, mein Gesicht sei ganz schief und würde immer schiefer. Mein Vater war es, der das feststellte, vermutlich, weil er mich nur am Wochenende anguckte und ihm deshalb Veränderungen deutlicher auffielen. Meine Mutter glaubte es erst nicht. Aber dann sagte sie: »Doch, doch.«

Ich lief ins Bad und besah mich im Spiegel. Es war nicht zu leugnen, mein Gesicht war schief. Nach rechts verzogen. Wenn ich stark gegendrückte, wirkte es gerade. Wenn ich losließ, schnellte es zurück, als wär’s aus Schaumgummi.

»Auf welcher Seite liegst du, wenn du schläfst?«, fragte mein Vater.

»Auf der linken, Gesicht zur Wand!«

»Du schläfst ab sofort andersrum, verstanden?«

»Ja, mach ich.«

»Ein schiefes Gesicht darf nicht sein – wehret den Anfängen.«

Ich schlief auf der rechten Seite, Gesicht zur Tür. Die Holzmaserung der Tür sah aus wie Aufgeknüpfte. Ich zählte siebenundsechzig. Zu viel für eine Tür. Ich konnte nicht einschlafen, rief meine Mutter. »Siehst du die Toten auf der Tür?«

Meine Mutter schaute die Tür an. »Ich sehe Blumen«, sagte sie schließlich, »schlaf.«

Geschlafen haben muss ich, aber als ich morgens aufwachte, lag ich wieder mit dem Gesicht zur Wand.

Ich klebte ein Poster auf die Tür: *Love is like the moon, beautiful and ever new.* Love – vielleicht würde das ja was helfen. Schließlich schlief ich mit dem Kopf am Fußende, begann, mir Kissen in den Rücken zu legen, um ein Drehen zu vermeiden. Das Ergebnis war, dass ich morgens immer Nackenschmerzen hatte und merkwürdig abstehende Haare, die man nicht mal mit heißem Wasser wieder in die richtige Richtung bekam.

Meine Mutter kontrollierte vor dem Frühstück mit einem Geodreieck mein Gesicht.

»Ich fürchte, es nützt nichts«, sagte sie üblicherweise oder: »Na ja.«

Irgendwann sagte mein Vater: »Ich habe da was gelesen. Das kommt nicht vom Liegen, das kommt vom Kiefer, der wächst krumm, der muss gerichtet werden – Kieferorthopädie!«

Er sprach Kieferorthopädie wie eine Zauberformel aus und hob dabei seinen Zeigefinger. Ich zuckte zusammen. Kiefer richten hörte sich an wie Gesicht im Schraubstock.

Unser Zahnarzt war schon immer Dr. Weber gewesen. Dr. Weber gefiel mir. Er gefiel mir, weil es erstens für die Kinder Gummitiere geschenkt gab und ich mir manchmal sogar zwei oder drei nehmen durfte und zweitens die Sprechstundenhilfe total nett war und gut roch und ich gelegentlich davon träumte, sie aus der Gewalt von gefährlichen Typen zu befreien. Vermutlich war ich nicht der Einzige, der das tat. Fräulein Brandt war eine, an der Männer interessiert waren.

Als ich vor vier Wochen von meinem Vater gebracht worden war, richtet der sich plötzlich auf, Brust raus, Bauch einziehen und so weiter, Augenleuchten, schleimig doofes Dahergerede, wie ich das überhaupt noch nie gehört hatte.

»Hast du eine Sickergrube oder Kanalanschluss?«, fragte er. Mein Vater hatte die Angewohnheit, jeden zu duzen. »Letzte Woche haben wir bei uns Kanal verlegt, also, ich kann dir was erzählen.«

»So, so, Kanal.« Fräulein Brandt interessierte das natürlich überhaupt nicht. Der ganze Scheiß mit dem Abwasser und dass man fast zehntausend Mark sparte, wenn man's selber machte. Ausschachten vom eigenen Klo bis zu dem großen Hauptrohr. Rohr verlegen. Mit Gefälle, versteht sich. Korfs hatten das mit dem Gefälle nicht hingekriegt. Da kam plötzlich alles hoch.

Fräulein Brandt stand meiner Meinung nach auf Männer wie Dr. Weber. Der sagte so Sachen wie: »Was kostet die Welt, ich bezahle«, und lachte dann, wobei man seitlich einen Goldzahn blitzen sehen konnte. Ob er den selbst gemacht hatte? Und wenn nicht, zu welchem Zahnarzt ging eigentlich ein Zahnarzt?

»... und ein Geld habe ich gespart«, sagte mein Vater.

»Das ist doch schön.« Fräulein Brandt täuschte Freude vor.

»Aber den Anschluss ans Hauptrohr darf man nicht selber machen.«

»Natürlich, verstehe.«

»Bis direkt ran und dann Schluss. Den Rest machen die.«

»Ja, so ist das wohl.«

»Musste aber sein, das mit dem Kanal. Vorher hatten wir alle Sickergruben. Die ganze Straße rauf, da, wo wir wohnen. Kannst du dir ja vorstellen, was da los war. Im Sommer Gestank, und bei Hochwasser schwammen manchmal Würste in der Gegend rum«, er lachte, »und man wusste nicht, von wem die waren, das kam noch dazu«, er lachte nochmal, diesmal dreckig.

Fräulein Brandt verdrehte die Augen und füllte einen Schein aus.

»... manche Sickergruben waren auch kaputt. Risse!«

»Risse sind nicht gut, wie«, antwortete Fräulein Brandt aber es klang wie: Hören Sie auf mit Ihrem dusseligen Geschwätz.

»Nö, nö«, sagte mein Vater, es klang aber nach: Bist dir wohl zu fein für die Probleme eines kleinen, hart arbeitenden Hausbesitzers.

Es gab einen dritten Grund, bei Dr. Weber in Behandlung zu bleiben, nämlich den, dass er mir nicht ohne Rücksicht auf Verluste meine Jugend versauen wollte, indem er mich durch Zahntechnik optisch entstellte. Ich legte mich auf den Behandlungsstuhl, und Fräulein Brandt deckte mich mit einer großen Papierserviette zu. Leichentuch, dachte ich. Sie befestigte das Ganze mit einer verchromten Kette an meinem Hals, an deren Enden sich Krokodilklemmen befanden, die ins Papier bissen.

»Wir haben festgestellt, dass sein Gesicht schief ist«, sagte meine Mutter.

Dr. Weber machte die Rückenlehne gerade, indem er das Pedal am Stuhl trat. Es surrte. Ich saß regungslos. Er nahm mein Gesicht in seine Hände und schaute mich von vorne an. Ich hörte das Ticken seiner Uhr. Fräulein Brandt schaute auch. Sie sah besorgt aus, als sie sich bückte. Sie trug eine weiße, enge Schlaghose, keine Socken und Sandalen. Ihre Fußnägel waren dunkelrot lackiert.

»Kommt vom Kiefer, meint mein Mann«, sagte meine Mutter.

»Ja, ja«, sagte Dr. Weber und trat auf das Pedal. Es surrte, die Rückenlehne ging wieder runter, »mach mal auf«, er fummelte mit Spiegel und Zeigefinger in meinem Mund rum.

»Hier hinten wachsen zwei schief. Sollten die Weisheitszähne auch so krüppelig rauskommen, muss man auf jeden Fall eingreifen. Aber die sind ja noch nicht mal zu sehen«, er schaute mich an, schaute meine Mutter an, wieder mich, wieder meine Mutter, als ob er auf Erbschaden kontrollieren würde. Er war ziemlich braun gebrannt für Mitte Juni.

»Man kann was machen, muss aber nicht«, sagte er.

»Aber sein Gesicht ist doch schief«, sagte meine Mutter.

»Nein, nicht sein Gesicht, der Unterkiefer hat eine ausgeprägte Neigung, das kann sich aber auch gut entwickeln. Er ist ja noch im Wachstum, der Kiefer vor allem, das ist ja keine endgültige Richtung, mit der wir es hier zu tun haben.«

»Wie weit sind Sie denn mit dem Kanal?« Was war denn jetzt mit Fräulein Brandt los, zwei Zähne machen mein Gesicht schief, und die fängt von dem blöden Kanal an.

Meine Mutter sagte: »Die Hauptleitung liegt, die Zuleitung liegt, wir warten auf den Anschluss.«

»So was dauert wohl manchmal?«

Ich trank einen Schluck mundwarmes Wasser aus dem Spülbecher, setzte ihn zurück in die Aussparung. Er füllte sich wieder.

»Aber wenn es nun noch schiefer wird? Hinterher gibt es Probleme mit der Lehrstelle, und dann kann man nur Berufe machen, in denen man nichts mit Leuten zu tun hat, weil, wer will schon einen mit schiefem Gesicht vor sich haben. Wir haben da schon so einen Fall in der Nachbarschaft, da kommt man auch nur mit Mitleid weiter …«

»Frau Baumann, was reden Sie denn da.«

»Ist doch so, heutzutage.«

Ich versuchte, meinen Kopf unter die Papierserviette zu retten. Fräulein Brandt wies auf zwei Sachen hin, die an mir offenbar erhaltenswert waren: »Der Junge hat so ein zierliches Gesicht und so einen hübschen kleinen Mund, das sollte man doch nicht entstellen. Wenn man da jetzt Bänder einsetzt oder gar eine Klammer mit Außenbügel ...«

»Klein und zierlich ist ja schön und gut«, sagte meine Mutter, »aber doch nicht schief und krumm.«

Außenbügel, lieber Himmel, Andreas' Bruder hatte mal so was gehabt. Wir haben immer Pferd mit ihm gespielt. Er musste auf allen vieren kriechen, und wir sind auf ihm geritten.

»Ich will aber keine Trense«, sagte ich.

»Eventuell käme erst mal eine lose Klammer infrage, nur für nachts«, sagte Dr. Weber, »damit könnten wir anfangen und sehen, wie sich das entwickelt. Außenbügel ist nicht vonnöten. Es ist zwar ein Vorbiss zu erkennen, das ist aber nicht so dramatisch im Moment.«

»Aber mein Mann meint auch, lieber jetzt ein bisschen Ärger, als später im Leben ein schiefes Gesicht!«

»Wir machen einfach erst mal einen Abdruck!«

»Er ist ja jetzt noch jung, guckt noch nicht in den Spiegel, bevor er losgeht, fährt ja sogar noch ab und zu Roller, wenn Sie verstehen, was ich meine?«

»Na ja, ich glaube schon«, sagte Fräulein Brandt und rührte eine rosa Pampe an, die sie in ein hufeisenförmiges Gefäß mit Griff dran füllte.

»Mund aufmachen!« Fräulein Brandt quetschte mir das Hufeisen mit der Pampe rein. »Auf, auf.«

»He-he-he-he-he-he«, machte ich, was so viel hieß wie: geht nicht weiter auf. Sie hakte einen Finger in meine Backentasche und riss so kräftig daran, dass ich mir wünschte, dass die gefährlichen Typen, vor denen ich sie sonst immer rettete, sie lieber kaltmachen sollten. Sie drückte das Hufeisen auf meine Zähne und sah auf die Uhr.

»Zubeißen«, sagte sie, »kräftig.«

Das Zeug war kalt und weich, schmeckte nach Kaugummi. Ich biss fünf Minuten die Zähne zusammen. Später nochmal das Gleiche für den Oberkieferabdruck.

Wirkte wie ein Beruhigungsmittel, das Parfüm, das Fräulein Brandt benutzte. Ich war jedes Mal ganz benommen, wenn ich sie roch oder wenn sie mir ihre Hände auf die Stirn oder die Brust legte oder mir sonst wo im Gesicht hinfasste. Ihre Stimme war kräftig und für eine Frau tief, leicht kratzig, heiser.

»Versoffen, völlig versoffen, die Alte«, hatte mein Vater damals auf der Rückfahrt rumgebrüllt. »Arrogante Nutte. Die hält sich wohl für was Besonderes, nur weil der Weber sie gelegentlich in anderer Leute Maul glotzen lässt. Die kann doch nicht mal richtig Schreibmaschine.« Er war natürlich sauer, weil sie seine schwimmenden Kackwürste nicht komisch gefunden hatte.

»Und der Lack ist von der auch bald ab. Mallorca macht nämlich nicht nur braun, sondern auch Falten, Runzeln und Flecken.«

Die Abdrücke waren was geworden. Da sollten Positive draus gegossen werden, und dann wurde im Labor die Klammer gebaut. Eine nur für nachts. Versprochen. Versprochen auch, dass ich den Gipsabdruck später behalten durfte. Meine Mutter war an der Reihe. Ich blätterte in Fix-&-Foxi-Heften. Kannte ich alle schon. Es war ein später Termin gewesen, der späteste überhaupt. Wir waren als Letzte dran. Dr. Weber hatte sowieso komische Sprechzeiten. Hier mal zwei Stündchen und da mal. Spät bedeutete, es fuhr kein Bus mehr, was uns schon zweimal in den Genuss eines ganz besonderen Services gebracht hatte. Dr. Weber fuhr uns persönlich in seinem Auto nach Hause. Er fuhr einen Porsche, und ich glaube, er fuhr uns gerne. Ich durfte zwar nie vorne sitzen, aber die Beschleunigung fühlte sich auch hinten gut an. Meine Mutter und ich warteten darauf, dass er so weit war, Bohrer putzen, Hände waschen, sauberer Arbeitsplatz und so weiter, und dann Vollgas nach Hause. Fräulein Brandt ging vorher. Sie sagte immer: »Bis später, Doc.« Schätze, die hatte was mit dem. Beim Rausgehen fasste sie ihn an. Mich aber auch. Immer irgendwo anfassen, die war so.

Weil Fräulein Brandt weg war und ich die Hefte schon mal gelesen hatte, ging ich rum und schaute mir alles an. Ich ging in den Raum, in dem Fräulein Brandt ihren Schreibtisch hatte, das Büro, durch das man hindurch musste, wenn man in den Behandlungsraum wollte. Ich blätterte in den Akten, die herumlagen, schaute mir Fotos von Zähnen anderer Patienten an und fand ein paar, die schlimmer aussahen als meine, richtige Hauer teilweise oder ganz braun. Eine Klammer nur für nachts, das würde niemand merken. Auf manchen Fotos waren Gesichter, in die mit Lineal Linien eingezeichnet waren. Schiefes Gesicht schien demnach nicht nur mein Problem zu sein. Ich steckte mir ein paar Gummitiere ein. Sie waren in einer durchsichtigen Kunststoffbox auf dem Schreibtisch. Ich nahm noch eine Hand voll und noch eine, dann tat ich ein paar wieder zurück, weil es irgendwie auffiel, und dann tat ich sie alle wieder zurück, weil ich eigentlich gar nicht wusste, was ich mit ihnen sollte. Auch die blaue Ente und den grünen Dackel, die ich heute bekommen hatte, tat ich zurück. Scheißgummitiere, was sollte man denn damit.

Ich zog die obere Schreibtischschublade auf. Kamm, Lippenstifte, kleine Schere, Feile, Nagellack, kleine Flasche ohne Aufschrift. Ich schraubte sie auf. Den Duft von Fräulein Brandt gab es also in Flaschen. Ich zog ein Taschentuch aus meiner Jacke und goss was drauf für später. Der war gut, der Geruch.

Was mich schon immer begeistert hatte an dem Büro, war die Durchreiche in der Wand. Ein kleines Fenster aus Milchglas, das man aufschieben konnte, und dann sah man in den Behandlungsraum und umgekehrt. Wenn es schnell gehen musste, zog Dr. Weber das Fenster auf, und dann saß Fräulein Brandt immer direkt dahinter, guckte und strich sich dabei das Haar aus dem Gesicht. Irgend ein Haar hing ihr immer im Gesicht, und wenn es nur eine Strähne war. Sie sagte: »Ja?«, und dann kamen die Anweisungen, die sie befolgte, was bringen, assistieren oder beides. Ich schob das Milchglasfenster ein kleines Stück auf, sah Dr. Weber, der eine Hand im Mund meiner Mutter hatte, die andere lag auf ihrer Stirn. In der hielt er einen Spiegel. Er drückte an einem Zahn rum und schaute meiner Mutter auf die zu behandelnde Stelle. Dann stopfte er ihr Watterollen rein und hängte den Speichelsauger in ihren Mundwinkel. Dr. Weber trat das Pedal. Meine Mutter wurde fast in die Waagerechte befördert, und ich konnte ihr in die Nasenlöcher sehen. Der Absaugschlauch machte den üblichen Sauglärm.

»Dann wollen wir mal«, sagte Dr. Weber. Er zog den Bohrer aus der Vorrichtung, steckte ihn meiner Mutter in den Mund und bohrte los. Seine linke Hand, die, mit der er vorhin den Spiegel gehalten hatte, bewegte sich in ihren Haaren hin und her. Den Bohrer führte er mit einer Eleganz, als würde er Blumenmuster in Glas schleifen oder Porzellan bemalen. Jedenfalls erinnerten mich seine Bewegungen an den *Tag des Kunsthandwerks* im Schloss Varenholz.

»Weit, weit aufmachen«, sagte Dr. Weber, seine linke Hand schlängelte sich um den Kopf meiner Mutter. Er steckte ihr seinen Zeigefinger ins Ohr. Wofür war das wohl gut? Bohren und gleichzeitig den Finger im Ohr? Ich unterdrückte ein Kichern. Plötzlich ging er mit dem Kopf runter, und steckte in das andere Ohr meiner Mutter seine Zunge rein. Wenigstens bohrt der nicht mehr, dachte ich. Der Bohrer war allerdings noch in ihrem Mund. Mindestens eine Minute Regungslosigkeit, abgesehen von Dr. Webers Zunge. Der Speichelsauger saugte auf Hochtouren. Dann richtete Dr. Weber sich wieder auf und trat auf das Bohrerpedal.

»Ist aber eine tiefe Karies«, hörte ich ihn sagen. Er zog den Finger aus ihrem Ohr, strich mit der Hand um ihren Kopf herum, und dann packte er die Brust meiner Mutter. Er ließ die Hand drauf liegen und bohrte. Meine Mutter machte Geräusche mit der Kehle.

»Das Köpfchen ganz still halten, Sigrid«, sagte Dr. Weber, »gleich habe ich alles raus.«

Bohren schien ihm Spaß zu machen. Die Geräusche, die der Bohrer machte, schwollen rhythmisch an und ab. Eine Komposition für Zahnbohrer. Meine Mutter strampelte ein bisschen mit den Füßen. Ich dachte, sag mal was, und sagte: »Hallo!«

Dr. Weber schaute in meine Richtung. Ich strich mir die Haare aus dem Gesicht, aber war ja klar, dass ich nicht Fräulein Brandt sein konnte. Er trat immer noch das Bohrerpedal, und dann rutschte er ab. Meine Mutter schrie kurz auf. Als ich ihr Gesicht sehen konnte, blutete sie in der Nähe der Nase. Sie richtete sich auf und spuckte blutig aus.

»Guido, zieh deine Jacke an«, sagte sie.

»Ich fahre Sie natürlich«, sagte Dr. Weber.

»Nein«, brüllte meine Mutter ihn an.

»Lassen Sie mich wenigstens ein Provisorium reinmachen.«

»Nein.« Meine Mutter wischte sich das Gesicht sauber,

schubste mich vor sich her und knallte alle Türen, durch die wir durchmussten. »Du hast nichts gesehen. Verstanden?«

Der Grund für den Zahnarztwechsel leuchtete mir ein: Die Austrittswunde des Bohrers lag oberhalb der Oberlippe, rechts unterhalb der Nase. Der kleine Blutpopel war geronnen und sah aus wie ein Filmstarleberfleck. Der neue Zahnarzt füllte das von Dr. Weber ausgebohrte Loch, das meine Mutter im oberen linken Eckzahn hatte. Als er in meinen Mund sah, sagte er: »Na, das sieht ja wild aus, da muss ein Fachmann ran.«

Zwei Tage später wurde ich Patient in Dr. Rösslers kieferorthopädischer Praxis. Dr. Rössler war ein Giftzwerg mit Bart, der einen Mundgeruch hatte, der von ganz tief unten zu kommen schien. Jedenfalls der totale Kontrast zu dem süßlich sterilen Nelkenöl-Kaugummi-Geruch, der in seiner Praxis vorherrschte.

In seiner Praxis, in der merkwürdigerweise ausschließlich junge Frauen arbeiteten, gab es fünf Behandlungsstühle.

»Der holt die jungen Düsen direkt von der Universität ab und beutet die aus«, meinte mein Vater.

Bei Dr. Rössler bekam man als Erstes einen Laufzettel in die Hand gedrückt. Mit dem musste man zum Zähneputzen gehen. Das Zahnputzbecken war am Ende einer aus fünf Kunststoffstühlen bestehenden Sitzreihe. Diese Sitzreihe zu erreichen war ein kleiner Sieg, denn im Wartezimmer war es immer so voll, dass man da mindestens eine Stunde warten musste, ehe man überhaupt auf die Sitzreihe kam. Am Zahnputzbecken gab es eine Elektrozahnbürste mit Wasserstrahl und drei Bürstenköpfe zum Wechseln.

»Ich stecke mir doch keine Zahnbürste in den Mund, die vorher jemand anderes benutzt hat«, sagte ich.

»Hat doch niemand im Arsch gehabt«, sagte ein Typ mit Pferdefresse, der neben mir saß. »Außerdem, wenn die Zähne nicht picobello sind, haut der Rössler einem eine rein.«

»Das glaube ich nicht«, sagte ich.

»Habe ich aber gehört.«

Immer wenn jemand von der Sitzreihe in den Behandlungsraum gerufen wurde, musste man einen Platz weiterrutschen. Platz fünf zu erreichen war wie bei *Monopoly* über *Los* gehen, rein vom Gefühl jedenfalls.

Die erste Behandlung wurde dann von einer freundlichen, ganz jungen Frau durchgeführt. Sie hatte ein Holzstäbchen und schaute einem in den Mund. Dann kreuzte sie auf dem Laufzettel *Zahnpflege gut, ausreichend* oder *schlecht* an. Anschließend saß man wieder eine halbe Stunde, bis Dr. Rössler kam und einem mit seinen nach Zigarette stinkenden Pfoten im Mund herumfuchelte.

Die Behandlungsräume hatten keine Wände, sondern Glasschränke bis unter die Decke, voll mit Gipsgebissen. Es war ziemlich öde, die anzuschauen. Sie verblüfften einen nur wegen der Anzahl. Dr. Rössler gab lauter Fremdworte von sich, darüber, was mit meinen Zähnen los war.

»Distalbiss«, sagte er, »maxilläre Prognathie.«

Ich verstand nichts, aber das Team, das hinter ihm lauerte, verstand hoffentlich alles, denn die sollten ja später die Arbeit machen.

»Sagittaler Engstand.«

Gut hörte sich das nicht gerade an.

»Foto«, kommandierte Dr. Rössler, »und Abdrücke.«

Er verschwand mit seinem Team zu einem Kind, zwei Stühle weiter. Das Kind hatte bereits geflennt.

»Wie soll man denn in so einem Saustall arbeiten, da klebt ja noch das halbe Schulbrot drin«, brüllte er und holte zur Ohrfeige aus. Dann schaute er wieder zu mir rüber und schrie: »Röntgen auch!«

Eine ziemlich schicke Zahnärztin, die auch ganz gut roch, erklärte mir, wie es weitergehen würde: »Erstens Weisheitszähne oben und unten ausgraben.«

Ich wurde, glaube ich, ziemlich blass.

»Keine Angst, mit Betäubung«, sagte sie und lachte, aber ich fand es überhaupt nicht komisch.

»Wir brauchen den Platz für die Regulierung und für die anderen Zähne. Vollkommen normal, moderne Menschen haben mehr Zähne, als in den Kiefer passen.«

»Regulierung?«, fragte ich.

»Bänder, Metallbänder, die wir auf die Zähne aufbringen und dann mit einem Draht verbinden.«

Ich hatte das komische Gefühl, dass diese Frau, Rössler und die anderen vorhatten, mich übelst zuzurichten.

»Keine Angst, alles Edelstahl, rosten wird das nicht.«

»Na toll«, sagte ich.

»Wegen des Vorbisses werden wir eine Außenklammer anbringen müssen, die den Oberkiefer nach hinten zieht. Da kannst du zwischen drei Tragegurten auswählen. Mit Karomuster, schwarz oder Jeans.«

Ich nahm Jeans.

Holger meinte später, er hätte noch von keinem Mädchen gehört, das einen mit 'ner Stahlfabrik im Maul küssen würde. Am Tag, als ich meine Brille bekam, wurde endlich der Kanal angeschlossen. Einer von den Arbeitern meinte: »Klammer? Vergiss es, spätestens mit dreißig sind deine Zähne wieder genauso schief wie jetzt.«

Ingo Korf:

Wieso meine Mutter nicht mehr fegen kann

»Lass mich los!«

»Nee!«

»Bitte, lass mich.«

»Maul!«

»Du verfickter Eierfresser!«

WUSCH.

Hatte ich nicht mit gerechnet, nicht mit so einem Schlag. Hatte er bestimmt aus einem dieser Kung-Fu-Filme. Er trug ja jetzt auch so ein gelbes Stirnband. Bernd Schilling, Schillerlocke. Außerdem war er neuerdings in einem Kampfsport-Kurs. Immer donnerstags in der Turnhalle. Ich ging da nicht hin. Der Kurs wurde von Frank Burda geleitet. Der wohnte in der Straße mit den Brutalismus-Häusern. Hatten trotzdem alle Blumenkübel da und manche auch Gartenzwerge. War in der Ausbildung, der Burda, wollte Bulle werden. Er hatte schwarze Gürtel. Mehrere! Holger hatte mir mal erzählt, der Burda hätte in der Disco 'n paar Rocker platt gebügelt, weil die ihn wegen seiner Optik angemacht hätten. Manche sagten was von dreien, manche sagten sechs Rocker. Vielleicht war's ja in Wirklichkeit nur einer gewesen. Jedenfalls, der Burda, der hatte 'nen Vollbart und 'ne Frisur wie einer vom Foto in Harry Kleists Friseursalon. Die machten vermutlich Kung-Fu und Kämmen. Einen Kamm trug Schillerlocke nämlich jetzt auch immer bei sich. In seiner Gesäßtasche.

Die Rocker wären welche vom *Biber-Club* aus Hamburg gewesen. Die kamen einmal oder zweimal im Jahr für ein paar Tage in die Gegend und wohnten dann in der *Lippischen Rose*, und Ilse Büscher, die dort Wirtin war und außerdem ja auch noch den Edeka-Markt betrieb, die wurde von den Rockern *Muddi* genannt. Das hatte ich mal gehört, als ich im Geschäft war und zwei von den Rockern drei Kisten Bier aus dem Laden transportierten und der eine sagte: »Muddi, siehst ja, hab keine Hand frei, komm nicht an meine Tacken ran, schreib's einfach aufe Rechnung, klar?«

»Alles klar, Herr Petersen!«

Zwischen Frau Büscher und dem Rocker Herrn Petersen und seinen Männern herrschte ein ziemlich freundlicher Umgangston, aber das war vermutlich auch besser, wenn man bedachte, wie die aussahen. Und groß waren die, verdammt groß. Na ja. Unsere Region war für drei Dinge bekannt, erstens gute Luft, zweitens schöne Mädchen und drittens dafür, dass die Männer hier alle Zwerge waren. Das merkte man allerdings nur, wenn man mal woandershin fuhr, oder wenn, was selten genug vorkam, nicht-verwandter Besuch zu Gast war. Warum Arnulf so groß war, konnte sich keiner erklären. Abgesehen von den Hamburger Rockern mieden Fremde diese Region, obwohl es hier einige staatlich anerkannte Luftkurorte gab. Es hieß, hier würde aus jedem zweiten Haus ein Idiot zum Fenster rausschauen. Schillerlocke war noch kleiner als die meisten Zwerge, dafür war er aber dick. Dick und schwer, weswegen er 'ne Eierdiät machen musste, auf Befehl seiner Mutter. Er redete viel über Bruce Lee und dass der wohl auch nicht besonders groß sei.

Ich lag auf dem Boden, und Schillerlocke auf mir drauf. Was meine Verteidigung betraf, da passierte alles automatisch. Was Urzeitliches oder Tierisches, wie mir schien, dachte ich gar nicht drüber nach. Abwehrzappeln – wie bei 'nem Schwein, das gemerkt hatte, dass es jeden Moment geschlachtet werden sollte und anfing, den großen Larry zu machen. Schweine merken das, die erkennen einen Schlachter sogar, wenn der in Zivil ist. War doch komisch, ich strampelte und dachte an ein Schwein statt an kalkulierte Gegenwehr. Als ich meine Beine nicht mehr freibekam – keine Ahnung, ob sie jemand anderes festhielt, oder ob Schillerlocke das alles allein fertig brachte –, dachte ich an ein deutsches, veredeltes Landschwein mit Hängeohren.

Einmal wurde uns eins geliefert, also, meinen Eltern, und das merkte schon in der Transportbox, dass die Fahrt in die Siedlung kein Vergnügungsausflug sein sollte. Der alte Halbbauer brachte es mit seinem Traktor vorbei. Er zog die kleine Schiebetür an der aus Latten selbst zusammengezimmerten Transportbox auf. Ausgeblichenes Holz, so groß, dass gerade ein Schwein reinpasste, und die Schiebetür war einfach ein Brett, das man zwischen den Latten hindurchschob. Halbbauer zog also das Brett aus der Vorrichtung, was ein bisschen aussah, als wäre er ein Zauberer und das Schwein 'ne schöne Frau, die den Durchschneidetrick überlebt hatte; das Schwein raus und als Erstes auf den Schlachter los, der vielleicht einen Meter weg stand. Als ob es genau gewusst hätte, dass der zum Töten da war.

Ich esse wirklich gerne Mettwurst, aber in der sich anbahnenden Auseinandersetzung war ich trotzdem auf der Seite des Schweins.

»Mach sie alle fertig«, feuerte ich das Schwein an und grinste, und ich kann mich nicht mehr genau erinnern, ob ich nur böse Blicke erntete oder von meiner Mutter auch eine gescheuert bekam. Sie hatte damals eine ziemlich lockere Hand. Jedenfalls, das Schwein rannte im Vorgarten herum und verwüstete ihn, und zwar gründlich, und ich fand das gut. Vorgarten fand ich Scheiße. Meine Mutter, der alte Halbbauer und Edmund Freising versuchten, das

Schwein zu fangen. Sie brüllten es an und sich gegenseitig, schrien sich Kommandos zu: »Los, hier«, »Edmund, da!« Das Tier schiss auf die Kommandos und auf einen kleinen Gartenzwerg mit Gewehr, der auf ein Steingut-Reh zielte, und spazierte in den Zierteich, der in der Mitte der Rasenfläche angelegt war.

»Komm da sofort raus«, befahl Edmund Freising.

Keine Ahnung, aber jemand wie er, der täglich mit Schlachtvieh zu tun hatte, müsste doch eigentlich wissen, dass ein Schwein auf so was nicht reagiert, auf einen Befehl, ein wörtliches Kommando. Das Schwein blieb im Teich und rüsselte an den Teichrosen rum. Einige Goldfische hatten einen Herzinfarkt erlitten, sie schwammen mit dem Bauch nach oben. Das Schwein grunzte zufrieden, sich auf mir unbegreifliche Weise seines Teilerfolges bewusst.

»Scheiß Teich!«, zischelte Edmund Freising und zog sich seine Schuhe aus. »Hab Stiefel im Auto!«

Auf Socken schlurfte er über den Verbundsteinpflasterweg zu seinem blutroten Ford Taunus, kramte im Kofferraum herum und hatte schließlich einen gelben und einen grünen Gummistiefel an. Er befummelte seinen Gürtel, an dem alles dranhing, was ein Schlachter so braucht, Schärfstahl, verschiedene Messer, kleines Beil, Bolzenschussgerät. Die noch lebenden Goldfische suchten überflüssigerweise das Weite, als Freising in den Teich hineinstieg und sich der Sau näherte, sie schwammen wie doof im Kreis und kamen immer wieder da an, wo sie nicht hinwollten. Freising hatte einen Strick, den er wie ein Lasso kreisen ließ.

»Los Schweinchen, mach nicht so einen Ärger, ist doch nur 'ne Frage der Zeit, bis wir dich haben.« Er schritt auf die Sau zu, aber die rannte einfach rechts an ihm vorbei und entkam.

»Wo steht ihr denn?«, raunzte er Halbbauer und meine

Mutter an, »mein Schwein ist das nicht, ich soll's bloß töten und auseinander nehmen. Das hier ist eigentlich nicht meine Aufgabe!«

Als er aus dem Teich rauswollte, stolperte er über die Pumpe zur Wasserbelüftung und war jetzt nicht nur schlecht drauf, sondern auch noch nass.

Schillerlocke benutzte seinen Nunchaku, um mich zu würgen. Dabei hatte ich ihm sogar geholfen, das Ding zu bauen. War vorher ein Besenstiel meiner Mutter gewesen. Wir hatten ihn in vier Teile gesägt und zwei Nunchakus draus gebaut. Einen für ihn, einen für mich. Das hatte Schillerlocke auch aus 'nem Bruce-Lee-Film. Wir wollten uns bei Gelegenheit mit den Dingern duellieren. Ich wusste erst mal nicht so recht, was mit dem Nunchaku anfangen, und dann fand ich es eigentlich am spannendsten, mit verschiedenfarbigen Isolierbändern ein Ringelmuster zu kleben, obwohl ich zugeben muss, dass das kein künstlerischer Einfall war, sondern nur 'ne Maßnahme, um zu verhindern, dass meine Mutter merkte, was aus ihrem Besenstiel geworden war.

Schillerlocke hatte mir die Kette um den Hals gelegt und drückte die beiden Holzknüppel in meinem Nacken über Kreuz zusammen. Ich glaube, der wollte mich umbringen, schrie er ja auch die ganze Zeit. »Ich mach dich kalt«, schrie er, »ich mach dich alle!«

Für einen Moment lag ich auf der Seite. Ich bekam ein Knie frei, zog es mit aller Kraft an und knallte es ihm in die zwölf. War wohl'n Irrtum, dass man damit jeden Mann lahm legen konnte. Hätte ich 'n bisschen mehr Luft gekriegt, ich hätte ihn glatt gefragt, ob er überhaupt Eier im Sack hat. Hatte wahrscheinlich bloß welche im Magen, Schillerlocke, blöde Sau. Der stand ganz oben auf meiner Liste.

Halbbauer schnäuzte sich die Nase, was wie'n Klarinettensolo klang. Das Schwein hatte sich in die äußerste Ecke des Gartens verkrümelt und lauerte in einer völlig kahlen Hecke.

»Los, Kerle, da kriegen wir's!« Meine Mutter ging, eine Forke im Anschlag, zwischen Freising und Halbbauer. So hatte ich sie noch nie erlebt, im Blutrausch. Halbbauer, rechts, hatte auch eine Forke, und Freising schwenkte seinen Strick. Das Schwein quiekte. So ein Schweinequieken ist selten nuanciert, das geht ganz fix von null auf Alarm. Es rannte dann einfach wieder los und streifte Edmund Freising, der einknickte und auf den Jägerzaun fiel. Er schrie, konnte aber mit dem Schwein, was Lautstärke und Intensität betraf, überhaupt nicht mithalten. Er hatte was abbekommen, und es sah irgendwie behämmert aus, wie er so am Jägerzaun hing, den Kittel zerrissen und die Haare verschwitzt und schmierig quer durchs Gesicht. Er trug sonst immer einen Hut, und dies war der Moment, als ich ihn zum ersten Mal ohne sah.

»Wo ist mein Hut, Teufel, mein Hut, mein Hut!«

Als er sich zur Seite drehte, konnte ich erkennen, dass er hinten eine kahle Stelle am Kopf hatte, aber das war wohl nicht der Grund, weshalb er einen Hut trug, sondern da fehlte auch ein ganzes Stück. Der Schlachter Edmund Freising hatte gar keinen vollständigen Kopf mehr. Er grabschte nach seinem Hut und schaute ein bisschen verlegen. Das Zurechtstreichen der Haare und das milimetergenau eingeübte Aufsetzen des Hutes schienen ein Akt höchster Konzentration zu sein.

»Ist was, Bürschchen?«

»Nee, ich guck nur so!«

»Pass bloß auf, sonst kommst du mit in die Wurst.«

Immer noch am Zaun hängend rückte er seinen Waffengürtel zurecht und zog das zweischüssige Bolzenschussgerät raus, das was von einer altertümlichen Steinschlosspistole hatte. Wie er so dasaß, wirkte er wie ein zu Unrecht zusammengeschlagener James Stewart, der jetzt gezwungen war, andere Saiten aufzuziehen. Wäre Edmund Amerikaner, er wäre Cowboy geworden, da war ich mir sicher. Als das Schwein, das jetzt von Halbbauer und meiner Mutter so was Ähnliches wie in Schach gehalten wurde, ein weiteres Mal in seiner Nähe vorbeischwabbelte, zog er das Bolzenschussgerät und drückte zweimal ab. Der erste Schuss traf das Schwein nicht, der zweite grub sich in die Arschbacke des Tieres. Das Tor zum Grundstück stand offen. Klar, das Schwein rannte da raus.

Ich überlegte mir, wie meine Chancen standen, begraben unter Schillerlocke, Eisenkette um den Hals. Meine Chancen im Vergleich zu dem Schwein – mit der klaffenden Schusswunde auf der linken Arschbacke. Das Schwein war in Panik gewesen. Das war natürlich schädlich.

Halbbauer war auf die Straße gelaufen, dem Schwein nach, aber nicht weit, da war er aus der Puste und stützte sich auf seine Forke.

»Ich glaub«, es pfiff, als er Luft holte, »ich sitz zu viel auf'm Trecker.«

Edmund Freising hatte vom Sturz auf den Jägerzaun Schürfwunden am Oberkörper. Er hatte sein Hemd aufgeknöpft und begutachtete sich. Das Schwein rannte durch die Siedlung Richtung Ortskern. Meine Mutter saß im Blumenbeet und sagte kein Wort. Sie war weiß wie Milch. Sie hatte sich aus Versehen den Schuss eingefangen, der das Schwein verfehlt hatte.

Der Fußboden im Schulbus war asphaltgrau, mit Rillen und schlecht geputzt. In den Rillen klebten allerhand bräunliche Rückstände. Das konnte alles sein, aufgeweichtes und wieder getrocknetes Schulbrot, mit Staub vermischter Kaugummi, Kotze vielleicht oder Hundedreck, den jemand unter dem Schuh gehabt hatte. Alles konnte das sein. Jedes Mal, wenn ich hier einstieg, hatte ich für den Bruchteil einer Sekunde eine Meldung im Gehirn: Fußboden dreckig. Das war nie so intensiv, dass ich es nochmal überdachte oder gar mit jemandem darüber sprach, aber jetzt, wo Schillerlocke mein Gesicht auf den geriffelten Plastikboden presste, voll rein in diesen Siff, da war ich der Ansicht, dass es falsch gewesen war, niemals jemanden drauf hingewiesen zu haben. Schillerlocke abwälzen – unmöglich. Wie machte dieser fette Zwerg das? Lieber locker machen und auf eine gute Gelegenheit warten, ihn vom Hals zu kriegen, überlegte ich. Vielleicht in einer Kurve, das müsste eigentlich funktionieren.

Edmund Freising war nach der Schweineattacke zu seinem Wagen getorkelt und hatte ein Jagdgewehr aus dem Kofferraum geholt, das in eine Decke eingewickelt gewesen war.

»Pack die Artillerie weg«, meinte der alte Halbbauer, und ich fragte mich nur, wen es wohl heute sonst noch so erwischen würde.

»Die krieg ich, die verflixte Sau, die krieg ich, die ist dran«, und dann rannte Freising los, dem Schwein hinterher. Der hatte überhaupt nicht mitgekriegt, dass er meine Mutter angeschossen hatte. War aber auch ziemlich bescheuert von ihr, sich anschießen zu lassen und dann nur weiß zu werden und zu schweigen. War ein Schuss in den Ellenbogen, davon stirbt man natürlich nicht. Ich rief 112 an, sicherheitshalber noch Dr. Kobra, und griff mir 'ne Packung Leukoplast. Den Dr. Kobra freute das – 'ne Schusswunde –, der war früher Militärarzt gewesen. Allgemeinmedizin fand er langweilig. »Sie ham doch gar nichts, Sie simulieren nur«, war seine häufigste Diagnose.

»Mensch Edmund, lass se doch laufen«, rief der alte Halbbauer Freising nach, »du weißt doch auch, dass sich das negativ auf die Fleischqualität auswirkt, wenn man das Schwein vorm Schlachten aufregt. Das können wir für heute sowieso vergessen.«

Edmund Freising hörte nicht, der spielte jetzt sein eigenes Programm, mit dem stimmte nichts mehr. Er rannte die Straße runter. Bauer Halbbauer, der natürlich auch nicht bemerkt hatte, dass meine Mutter angeschossen war, folgte ihm entnervt in einer unentschlossenen Mischung aus Hinterherrennen und Stehenbleiben.

Wir machten jedes Jahr eine Hausschlachtung, aber so war es noch nie gewesen. Ich war ein bisschen begeistert, aber das konnte ich natürlich nicht zeigen. Ich verband meiner Mutter den Ellenbogen mit dem Leukoplast und einem Taschentuch.

»Keine Sorge, Mama, nur ein Streifschuss. Krankenwagen habe ich auch gerufen.«

Meine Mutter schwieg vor Schock. Normalerweise lockten sie und Edmund Freising das Schwein mit Futter in den Keller, während der alte Halbbauer das Tier an einem Strick, das an einem der Hinterbeine des Schweins befestigt war, die steile Kellertreppe hinunterzuführen versuchte. Die Viecher stellten sich dabei unterschiedlich geschickt an, aber eigentlich konnte man sagen, dass Treppensteigen nicht unbedingt Schweinesache war. Die meisten knallten dabei auf die Fresse, und das nicht zuletzt deshalb, weil Halbbauer ihnen, wenn sie auf der Treppe nicht weiterwollten, in den Arsch trat, bis sie runterflogen. Unten im Keller warteten dann meine Mutter und Freising. Meine Mutter streichelte das Schwein, sagte Sachen zu ihm wie: »Ei, mein kleines Schweinchen« oder »Na, Süßes«, und stellte ihm eine Schale mit Getreide hin, aber wenn dann Edmund seinen Bolzenschussapparat aus dem Holster zog, war jedes Mal das Geschrei groß. Die Schweine merkten immer, dass es das jetzt gewesen sein sollte mit dem Leben, und meine Mutter konnte noch so nette Sachen sagen, es nützte nichts mehr, und dann kam der Schuss. Halbbauer und meine Mutter hielten das Schwein, indem sie draufstiegen, als wollten sie es reiten, und mit aller Gewalt die Knie zusammenpressten. Der Schussapparat musste direkt auf die Stirn gedrückt werden, damit das Geschoss die Schädeldecke auch wirklich durchschlug und ein sauberer Gehirnschuss draus wurde. Das klappte manchmal nicht, weil sich das Schwein bewegte, es war dann nur k.o. Mitunter gab es noch einen zweiten Schuss, aber Schießen nervte in dem kleinen Keller, weil dabei immer Putz von Decke und Wänden fiel und es so laut war, dass einem danach die Ohren piepten. Einmal, als ein Schwein nur k.o. war, steckte der Bolzen halb im Kopf drin und guckte aus der Stirn raus, wie ein Mega-Mitesser.

»Kerl, was für ein Dickschädel diesmal!«, hatte Edmund Freising geflucht, und ohne einen zweiten Schuss schob er dem Schwein sein Messer in die Kehle und schnitt ganz sanft die Hauptschlagader durch. Das Tier fing zu zappeln an und quiekte Blut, und ich hatte den Eindruck, es würde jetzt erst so richtig lebendig, aber Edmund grinste mich an, als er mein erschrockenes Gesicht sah, und sagte: »Das sind bloß die letzten Zuckungen, brauchst kein' Schiss haben.«

»Ich hab keinen Schiss!«

»Musst einfach an die leckere Mettwurst denken«, sagte meine Mutter, »dann geht's dir gleich wieder gut.«

»Alles Niedere ist Baustein des Höheren«, sagte Bauer Halbbauer, »keine Mettwurst ohne Massaker, kein ganzer Kerl ohne Mettwurst!«

Wenn ich einen Bolzenschussapparat gehabt hätte, ich schwöre, ich hätte ihn benutzt. Wär mir doch egal gewesen, wäre Schillerlocke krepiert, scheißegal. Das wäre nicht nur Notwehr – das wäre für alle das Beste gewesen. Der mit seiner bescheuerten Stereoanlage, 'n Turm vom Konfirmationsgeld. Schöne Scheiße, wenn man katholisch war. Bei der Kommunion kamen nicht solche Summen zusammen wie bei der Konfirmation. Ich konnte es mir so richtig vorstellen, wie der mit Judoanzug an in seinem Zimmer rumsprang, gelegentlich ein Blick in den Spiegel und dann so zackig den Kopf rumgerissen, dass die Haare aus der Stirn flogen, und dazu laut *Love is in the Air* mit Fenster auf, dass auch ja alle hören konnten, dass er Platz eins der Hitparade auf Platte besaß. Aber zu blöd, mal die B-Seite aufzulegen. Springmesser kaufen, um ihn damit abzumurksen? Auch Kampfsport lernen, irgendwo anders, unter Geheimhaltung und dann *zack-wusch*, in die Gosche?

Na, wusste ich es doch, Schillerlocke war nicht allein. Jemand hatte mir ins Gesicht getreten, jemand mit einem braunen No-Name-Sportschuh aus Wildleder. Schillerlocke trug die schwarzen von Adidas, *Samba*. Alle trugen die, und dazu 'ne Wrangler, zwei Nummern zu lang und unten umgeschlagen. Wer trug braune No-Name-Sportschuhe und trat mir damit einfach ins Gesicht? Konnte eigentlich nur Ralf Brenner gewesen sein. Der wollte dazugehören, dieser Schleimer, machte hier den Harten, nur, um hinterher noch lauter als Schillerlocke tönen zu können, wie sehr er mir aufs Maul gegeben hatte. Einen wehrlosen Unbeweglichen ins Gesicht treten. Den Brenner, den würde ich jetzt auch auf meine Liste setzen, für den würde ich mir was einfallen lassen, um den war es genauso wenig schade. Der glaubte, er wäre was, weil er es bis auf die Realschule geschafft hatte, aber dem würde schon noch irgendwann klar werden, dass er nicht besonders helle war.

Blut lief in die grauen Rillen des Kunststoffbodens. Mein Blut. Ob irgendwann mal jemand auf diese Stelle starren würde und sich über die Brauntönung wundern, eventuell Meldung machen, bei der Post, dass die mal besser putzen?

Als das angeschossene Schwein merkte, dass Edmund Freising hinter ihm her war, rannte es einfach etwas schneller. Der Krankenwagen, den ich gerufen hatte, stoppte erst mal unten im Ort, und die Sanitäter dachten, sie wären vernatzt worden, weil nicht mal einer 'n Schock hatte. Das Schwein war einfach auf die Bundesstraße gelaufen und vor'n Bus. Der hatte nicht mehr bremsen können. Das Schwein war dann zwanzig Meter quasi im eigenen Saft über den Asphalt geschlittert, hatte 'ne unschöne Blutspur hinterlassen.

Dr. Kobra kam ganz in Olivgrün. Nur 'ne weiße Armbinde mit 'nem roten Kreuz drauf wies ihn als Arzt aus.

»Junge, wo steht der Feind?«

»Ist runter in den Ort!«

Gebückt rannte er zu meiner Mutter rüber und machte seinen Koffer auf.

»Na endlich mal was Richtiges.« Dr. Kobra entfernte meinen Leukoplastverband mit einem Ruck und schüttete Desinfektionsmittel in die Wunde. »Na also«, sagte er, »da schießt Ihnen ja auch gleich die Farbe wieder zurück ins Gesicht.«

Später gab es Streit. Meine Mutter wollte zwar ein Schwein, aber keins, das vom Postbus überfahren worden war.

»Nö, nö«, sagte sie zum Halbbauer, »das Beste ist ja auf der Straße verteilt«, womit sie das Blut meinte, denn wenn sie eins liebte, dann Blutwurst, Blutwurst mit Spiegelei. Da kam ein ausgeblutetes Schwein nicht gut an. Ich persönlich fand Blutwurst Ekel erregend, und Mettwurst hätten wir meinetwegen auch im Laden kaufen können.

War auch eine ganz beachtliche Blutlache auf dem grauen Kunststoffboden. Hatte es schon in den Haaren und überall. Ob man wohl aus Blut, das einem aus der Nase lief, Blutwurst machen konnte? Vermutlich ja, ich erinnerte mich an ein Lied, das mein Vater manchmal sang, ein Lied von einem, der aus Menschenköpfen was zu essen machte.

Schweine wurden bei uns immer morgens geschlachtet und fast immer in den Herbstferien. Anfangs musste ich dabei mithelfen. Ich war fürs Blutrühren zuständig, das durfte nicht gerinnen. Immer hin und her, bloß nicht kreisförmig. Mittags gab es dann frisch gebratene Leber, und meine Mutter saß mit dem Schlachter und dem Halbbauer am Tisch, alle hatten Blut an den Klamotten und tranken zum Essen Schnaps. Einmal sagte der Halbbauer, dass es früher immer ein Fest gegeben hätte, wenn ein Schwein geschlachtet worden war, aber die Zeiten wären ja leider vorbei und die des Hausschlachtens ja eigentlich auch, und dass wir, meine Eltern und ich, und außer uns nur noch zwei, drei andere Haushalte hier im Ort diese alte Tradition des Hausschlachtens beibehalten würden, das sei gut. Deswegen hätten wir auch Fleisch und Wurst von besonderer Qualität, und darüber könnte ich glücklich sein. Ich fand es schrecklich, so rückständig zu sein, und ich wusste genau, wer die waren, die auch noch schlachteten, nämlich Kotzolts und die Stachowitze. Und die waren ja wohl die letzten Kaputniks, da konnte man sich nicht gerade was drauf einbilden, mit denen in einem Atemzug genannt zu werden.

»Los, wir hängen ihn hier oben hin«, grölte Schillerlocke.

Gejohle und Lachen. Die waren mindestens zu fünft, zu fünft gegen einen.

Eine Ansage über Lautsprecher: »Was ist dahinten los?« Der Busfahrer. Eine Antwort erwartete der natürlich nicht. Der wollte nur, dass der Lärm aufhört. Hätte bestimmt längst angehalten, wenn er mich sehen könnte, aber der Bus war viel zu voll, und außerdem fuhr Röhrich, bei dem standen immer Mädchen im Führerhaus rum und schäkerten.

Oben im Bus waren Stangen mit Schlaufen angebracht, zum Festhalten eigentlich, da hängten sie mich rein. Die Füße durch die Schlaufen und die Schnürsenkel zusätzlich an die Stange geknotet. Bax und Köne, zwei Typen, mit denen ich überhaupt nichts zu tun hatte, machten das, weil die die Größten waren.

Ich kam nicht mal mit den Fingern auf den Boden. Meine Nase blutete immer noch. Ich überlegte, ob ich ausbluten würde, weil mein Blut nicht gerinnen konnte, wenn ich hin und her baumelte. Na, das wäre ja bitter.

Das Schwein hing auch immer kopfüber. Im Keller. Allerdings in der Mitte aufgeschnitten, und bluten konnte es natürlich nicht mehr. War ja alles schon im Eimer, der im Kühlschrank stand. Dagegen ging es mir doch noch gut.

Der Bus hielt. Die meisten stiegen aus. Ich konnte ja nicht. Es wurde immer als besonders witzig empfunden, wenn jemand länger im Bus blieb, als er wollte, es kam schon mal vor, dass die, die noch weiter mitfuhren, einen festhielten. Die, die ausgestiegen waren, standen dann draußen und lachten, wenn der Bus weiterfuhr. Keine Ahnung, was daran komisch war. Das war mir auch schon mal passiert – weiter mitfahren. Angelika Hempel war es gewesen, die beste Freundin von Diana Richert. Die wohnte im nächsten Ort und war auch schon fünfzehn. Sie hatte hinten an der Tür gesessen, und als ich vorbeiwollte, aussteigen, packte sie mich, schob mir ihre Hand in die Hose und sagte: »Wenn du schreist, reiß ich dran.«

Dran-Reißen würde wahrscheinlich wehtun, also schrie ich lieber nicht und fuhr eine Station weiter mit, Angelika Hempels Hand, die schön warm war, in der Hose.

»Eij, der kriegt'n Harten hier!«, sagte sie laut, aber es war zum Glück keiner mehr da, der darüber lachen konnte, also lachte sie selbst. Die war seit damals auf meiner Liste. Heute war sie auch wieder dabei.

Die knebelten mich mit 'nem Halstuch, das fürchterlich nach Parfümöl schmeckte. Bax versperrte erst dem Busfahrer den Blick, und als die Türen schlossen, sprang er schnell raus. Angelika stellte sich so dicht neben Röhrich, dass der mich im Rückspiegel nicht sehen konnte. Aber der guckte sowieso nicht in den Rückspiegel. Wer weiß, was die dem alles erzählte. Ich fuhr mit dem Kopf nach unten in den nächsten Ort mit. Angelika saß irgendwann auf dem Armaturenbrett, Rücken an die Frontscheibe gelehnt, Röhrich angrinsend. Nachdem sie ausgestiegen war, guckte der Röhrich endlich mal vorschriftsmäßig in den Spiegel, und dann sprang er auf und knotete mich los.

»Mensch Junge, was machst du denn noch hier? Brauchst du'n Arzt?«

»Nö!«

»Sicher?«

»Ja!«

Ich stieg aus und heulte ein wenig, brachte aber auch nichts. Ich ging den Weg zurück, über den Kirchberg, vorbei an dem Parkplatz mit der Wanderkarte, die Arnulfs Vater gebaut hatte. Sperrholzintarsie. Ein Auto stand da. Einer, der mir entgegenkam, schlug sich seitlich in die Büsche, als er mich sah. Ich kam am Puff *Felsenkeller* vorbei. Da war noch nichts los um diese Uhrzeit. Als ich endlich zu Hause ankam, war meine Mutter auch noch schlecht drauf, weil ich so spät kam, aber meine Optik war Alibi genug. Bevor ich mir das Gesicht wusch, schrieb ich Ralf Brenner auf meine Liste.

Guido Baumann:

Sportfest

Wohngebiets-Cup, fünfzehn Minuten gespielt. Wir saßen direkt unter dem grauen, trichterförmigen Lautsprecher. Jemand hatte eine Blasmusik-Kassette eingelegt. Die vom Hang der Habichte waren gegen die aus der neuen Siedlung angetreten und lagen drei zu eins zurück. Die Sonne war eben weg, die neue Flutlichtanlage gerade eingeschaltet. Ich warf mehrere Schatten und fühlte mich nicht mehr wie unter freiem Himmel. Keine Ahnung, warum Sportfeste so geil machten. Vielleicht weil so viel Schweißgeruch in der Luft lag. Holger hatte erzählt, dass man ein und dieselbe Frau nach einer halben Stunde Dauerlauf mindestens doppelt so attraktiv finden würde. Körperchemie. Vermutlich ging man deswegen auch tanzen. Um Leute scharf zu finden. Achim war der Beweis dafür. Auf Partys tanzte er los, sobald die erste Kassette im Deck steckte, und irgendwann lag er mit 'ner Schabracke wie Britta in der Ecke. Ich tanzte nie, und aus dem Sportverein war ich seit drei Monaten raus. Somit konnte ich mir wohl sicher sein, dass mein Interesse an Nicola nicht chemisch verfälscht war. Nicola hatte grüne Augen, lange Beine und eine bescheuerte Hose an. Aneinander gesetzte Rauten mit großen Lücken dazwischen. Sie saß zwei Meter vor mir im Gras. Ich versuchte, mir einzubilden, dass sie wegen mir dort saß, aber sie war eindeutig eher da gewesen.

»Ist die Hose dazu gedacht, Muster auf die Haut zu brennen?«

Ich bereute sofort, was ich gesagt hatte, das würde meine Position bei ihr nicht gerade verbessern. War auch von den Fakten her Käse, denn am Nachmittag, als die Sonne schien, hatte ich sie in einer kurzen Sporthose gesehen. Die Hose mit den Lücken war Abendgarderobe. Nicola guckte kurz in die Luft und dann wieder zu den Deppen auf dem Spielfeld. Holger meinte mal, die würde mich nicht mal sehen, wenn ich neben ihr stünde.

»Gefällt mir übrigens gut, die Hose«, log ich, »sieht interessant aus.« Die Hose sah aus wie eine Reuse und war schlabberig.

Nicola war dafür bekannt, dass sie manchmal beknackte Klamotten trug. Und ihr Mofa – Hilfe! –, normalerweise fuhr man eine Prima 5S von Hercules. Das war hier so was wie Standard, da ging nichts drüber. Wenn einer mit 'ner Zündapp ankam, konnte er gleich wieder abzischen. Nicola fuhr ein Mofa, das aussah wie'n Straßenkreuzer. Ich sag mal, tausend Mark mehr nur für Verkleidung und Zierscheiße. Ein hässliches, aufgebrezeltes Luxusmodell in Bordeauxrot-metallic. Nicola eben. So war sie. Ich war trotzdem seit einem Jahr in sie verliebt. Na ja, mit kleinen Unterbrechungen. Mademoiselle Petit zum Beispiel. Die hatte drei Monate den Französischkurs geleitet. Hab sie geärgert, Papierkugeln schießen und so. Einmal hat sie mir eine geschallert. Das tat zwar weh, war aber geil.

Ralf Brenner sah von der Bratwurstbude aus zu Nicola rüber, und weil ich nicht weit von ihr saß, auch zu mir. Brenner war weit davon entfernt, ein großer Torwart wie zum Beispiel Sepp Maier zu werden, denn er hatte überhaupt keinen Humor. Brenner wollte was von Nicola. Mir passte das nicht. Dass er Torwart werden wollte, war mir egal. Nicola fand das offenbar gut. Scheiß Berufsziel, Torwart.

»Nicola, kann ich dir was zu trinken ausgeben?« Sie lächelte mich sogar an, als sie nein sagte. »Na gut.« Ich rotzte, zog meine neue verspiegelte Pilotenbrille aus der Brusttasche meiner Bundeswehrjacke, setzte sie auf und schlenderte zum großen Festzelt rüber.

Wir hatten alle solche Brillen. Alle heißt, wir vom *Tennessee Valley Project.*

Irgendwo hatte ich aufgeschnappt, dass »Nein« bei Frauen nicht »Nein« heißt, sondern nur dazu gedacht ist, das Männchen an den Rand des Wahnsinns zu bringen. Es ist dann bereit, sein letztes Hemd zu verschenken, und gibt sich bei der Liebe mehr Mühe. Mache ich doch nicht mit bei so was. Mädchen waren sowieso beknackt. Ich hatte diese Beatles-Platte, *Live at the Hollywood Bowl.* Kreischende Mädchen, Tausende kreischender Mädchen. Mal ehrlich, die müssen doch ein Rad abhaben. Beatles, gute Gruppe, keine Frage, aber kein Junge würde kreischen und in Ohnmacht fallen, nur weil die Musik gut ist. Holger meinte, die hätten wegen McCartney gekreischt, auf den wären die alle scharf gewesen. Ist doch aber auch balla balla, wie viel hätte der an so 'nem Abend geschafft? Drei, vier, fünf. Na, mehr ja wohl nicht. Mädchen sind irgendwie komisch.

Hinten auf dem Fußballplatz gab es Streit. Einer aus der neuen Siedlung lag am Boden. Der fette Werner Zimmer hatte ihm eine gelangt, um an den Ball zu kommen. Dass sie den überhaupt mitspielen ließen. Der hatte Andreas' Vater mal ins Bein gebissen. Werner Zimmer galt allgemein als Tier.

Mir war es unbegreiflich, wie Brenner das jedes Mal hinkriegte. Er legte zum Beispiel einfach seinen Arm um Nicola, und sie wehrte sich nicht. Hinterher erzählte sie allerdings überall herum, dass Brenner bescheuert sei. Das war auch so ein Punkt, den ich nicht verstand. Mädchen ließen sich immer am liebsten von den Jungs umarmen, die sie eigentlich bescheuert fanden oder von denen sie sagten, mit so einem wollten sie um Gottes willen auf keinen Fall zusammen sein. Holger meinte neulich, dass das was mit Macht zu tun hätte. Die wollen die Macht über dich haben, und wenn einer mehr draufhat als sie selbst, dann lassen sie lieber die Finger davon. Eigentlich müsste man, wenn man gemerkt hat, man hat irgendwie was drauf, das den Mädchen gegenüber möglichst verheimlichen. Zwei Dinge müsste man tun: erstens sich doof stellen, zweitens so tun, als ob man alles im Griff hätte. Und gib bloß nie einer zu verstehen, dass du was von ihr willst. Blöd und schwer zu kriegen, das ist der Schlüssel zum Erfolg. Eins war klar, Holger fuhr ganz gut mit der Technik. War 'ne komische Logik. Ob Widersprüchlichkeit Intelligenz war? Dann wären Mädchen in Wirklichkeit ja wohl ganz schön clever. Holger meinte auch: Vergiss Nicola, die kann überhaupt nicht küssen, die reißt ihr Maul bis zum Anschlag auf, das heißt, die Lippen sind hart und angespannt, und mit ihrer Zunge stochert sie einem im Rachen rum, als ob sie noch'n Hinterausgang reinrammen wollte. Null Gefühl.

Trotzdem, mein Plan stand fest, ich wollte heute Abend eine abknutschen, und zwar nicht irgendeine, sondern Nicola, war mir egal, das mit ihrer fiesen Zunge. Außerdem wollte ich auch endlich mal'n Busen anpacken. Als Diana im Gartenhaus für uns gestrippt hat, war das ja immer das Manko gewesen. Anfassen durfte man die nicht, ich hab's mal versucht. Mein Ohr war danach eine Woche rot und hat gepfiffen. Da war der Schlag von Mademoiselle Petit Sex pur dagegen.

Ich überquerte die Aschenbahn. Roter Staub wirbelte auf. Ich rotzte. An Nicola hatten die meisten schon mal rumgeknetet. Ich rotzte nochmal. Klar, Andreas nicht, aber der schien sich auch gar nicht dafür zu interessieren. Arnulf auch nicht. Achim landete immer bei Britta. Ingo, na der wollte schon, hatte aber keine gute Methode, eigentlich nur Holger. Und natürlich Brenner, die Arschgeige, und die ganzen Älteren. Ich überlegte mir was, damit Nicola bei mir den Mund nicht ganz so weit aufreißen würde, ich überlegte mir, ihre Lippen mit meinen zu umschließen, sodass sie keine Chance haben würde, weit aufzumachen.

Im Festzelt probte die Tanzkapelle *Rosamunde*. Ich schlug ein paar Mal im Takt gegen die Plane und ging um das Zelt herum zum Eingang. Meine Clogs polterten auf der Rampe und dann drinnen auf den Dielen. Es hallte nach, denn das Zelt war so gut wie leer. Mein Alter schaute nicht in meine Richtung. Er spielte Zugposaune, oder besser, er benutzte die Zugposaune. In der Band spielten lauter Leute aus dem Ort, die die Instrumente, die sie in der Hand hielten, überhaupt nicht beherrschten. Alles klang kacke. Das kam an. Kein Dorffest in dieser Gegend, für das sie nicht gebucht wurden. Die Leute, die keine Ahnung hatten, buchten sie, weil es eine Blaskapelle war, komplett mit Lederhosen und albernen Hüten. Die Leute, die Ahnung hatten, buchten sie, um drüber zu lachen. Einige von den Bläsern hatten schon ihre bayerischen Trachten an.

Mein Vater sah mich und machte eine Ich-hau-dir-mit-dem-Handrücken-in-die-Gosche-Geste. Ich grüßte ihn. Er hasste mich, wenn ich diese Sonnenbrille aufhatte. »Na, wieder mit den Mädchen herumflöttkern?«, sagte er dann meistens, und zwar so, als ob ich das gefälligst zu lassen hätte. Mir war schon klar, dass das der pure Neid war. Der sah mich mit den Töchtern der Frauen, die er vermutlich in seiner Jugend ohne Erfolg angegraben hatte. Er konnte ja nicht wissen, dass es bei mir auch nicht besser lief. Meine Mutter erzählte schließlich überall rum: »Die Freundin vom Guido ist die Nicola.«

Ich hatte es bisher nicht dementiert und ließ sie in dem Glauben. Vor allem wenn man Verwandte außerhalb besuchte, kam es ganz gut, 'ne Freundin zu haben, denn die Cousinen und Cousins hatten natürlich auch alle Freundinnen oder Freunde, und dann hieß es beim Abendbrot: »Wer 'ne Freundin hat, darf auch Bier trinken!«

Ich bestellte zwei Cola. Herr Büscher stand am Tresen und machte den Wirt. Er hatte uns ein paar Mal besucht, als er neue Mitglieder für den Fußballverein gesucht hat. Irgendwie hat er mich damals rumgekriegt, so nach dem Motto: Gemeinschaft, alle machen da mit, neue Freunde. Ich bin nur eingetreten, weil ich wusste, dass Nicola bei Heimspielen immer am Spielfeldrand stand. Hab mir Fußballschuhe gekauft (gebrauchte von einem Älteren), einen auf Wolfgang Overath gemacht. Am Ende hatte ich die falsche Lieblingsmannschaft. Ich dachte, es sei egal, welche man nimmt, aber im Grunde war am Hang entweder Dortmund oder Mönchengladbach erlaubt. Ich habe Köln genommen, wegen dem Steinbock im Logo, weil ich auch Steinbock bin, vom Sternzeichen. Meine Mutter hat mir sogar 'nen rot-weißen Schal gestrickt. Der war zwei Meter fünfzig lang, aber nachdem ich damit 'n paar Mal unter Leuten gewesen bin, war er bestimmt drei Meter fünfzig. Die Mönchengladbach-Arschgeigen haben am einen Ende gezogen und die Dortmund-Arschgeigen am anderen. In der Mitte mein Hals.

Ich war sowieso immer nur Reservespieler. Der Büscher sagte meistens fünf Minuten vor Spielende: »Ach du meine Güte, der dünne Baumann«, und dann wurde ich schnell gegen irgendwen eingewechselt.

Einmal übers Spielfeld laufen ohne Ballkontakt. Vielen Dank auch.

Aus dem Lautsprecher knisterte es: »Vier zu eins für Neue Siedlung durch Friedrich Kreimeier.« Kreimeier war der Gärtner hier. Bei den Wohngebiets-Cups durften nur

Leute mitspielen, die nicht Fußball spielen konnten. Es gab Applaus für Friedrich Kreimeier. Vermutlich für Doofheit.

Ich setzte mich in eine Ecke und trank Cola. Georg Rosenbohm erklärte meinem Alten mal wieder, wie Zugposaune geht. Georg Rosenbohm wohnte auch in unserer Straße. Er konnte ziemlich viele Instrumente spielen und Noten, und er schrieb Lieder für die Band, die dann aber meistens nicht gespielt wurden.

»Wir wollen keine unbekannten Lieder spielen, die kommen nicht an bei den Leuten, und man kann die nicht gut lernen, weil man die ja nicht kennt.«

Mein Alter sagte, der Rosenbohm wär'n Genie, und Genies wären verrückt. Der arbeitete im Amtsgericht, nichts Dolles, soweit ich weiß. Er duschte morgens kalt, hörte viel Musik, aß kein Fleisch. Seine Vorbilder waren James Last und Ernst Mosch. Seine Frau bewegte sich mädchenhaft, und sie hatte ein glattes, schönes Gesicht. Man dachte immer, die ist jünger als sie aussieht. Wir waren uns alle einig, dass Frau Rosenbohm die Geilste vom Hang war, nach Diana. Holger meinte, das läge daran, dass sie noch nicht geworfen hätte, weil, wenn man erst geworfen hätte, würde man sich nicht mehr so viel um sich selbst kümmern. Wir hatten mal 'ne Zeit lang überlegt, Frau Rosenbohm ins Gartenhaus zum Strippen kommen zu lassen. Haben sie einfach eingeladen, sie kam auch, aber dann saßen wir da und wussten nicht, wie wir's anstellen sollten, dass sie sich auszieht. Schließlich hat Ingo angefangen zu schreien und sich seine Klamotten vom Leib gerissen. »Love me, love me« und »I need you« und so'n Zeug, voll auf verrückt halt und in englischer Sprache. War Quatsch, so ging das natürlich nicht. Sie hat Ingo beruhigt und ist gegangen. Mein Vater meinte mal: »Der Rosenbohm wird verrückt oder stirbt vorher an 'nem Herzinfarkt, der probt und probt und arrangiert und merkt einfach nicht, dass er mit uns nicht in die Hitparaden kommt. Wir wollen doch alle nur ein Bierchen zischen, schön ein Stündchen mit den Instrumenten rumhupen – und der träumt von Fernsehauftritten.«

»Ruf mal 'n Arzt an, der Werner hat dem Kreimeier in den Arm gebissen.«

»Schlimm?«

»Der hat richtig so ein Stück Fleisch rausgerissen und ist damit übers Spielfeld. Der Kreimeier schreit wie am Spieß.«

»Da ruf ich wohl auch gleich die Polizei.«

»Nee, lass mal, wir wollen uns den Werner heute Nacht mal so richtig vornehmen, mit alle Mann, dass der nie wieder beißt.«

Holger glotzte rein.

»Hey, Guido, lass uns schießen.«

Wir latschten zur Schießbude rüber. Er gab mir sein Bierglas. Ich trank abwechselnd Cola und Bier. In diesem Jahr gab es was Neues, einen Polaroidautomaten. Ein Schuss kostete eine Mark, und wenn man traf, wurde ein Polaroid von einem geschossen, schießend.

Ich zielte auf den roten Schalter, der die Kamera auslöste. Das Gewehr machte *peck*.

»Du musst es richtig gegen die Schulter drücken, damit durch den Rückstoß nicht alles verwackelt.« Arnulfs Vater bediente die Schießbude.

Durchladen, *peck*. Daneben.

»Beim Schießen ausatmen, Atem anhalten, abdrücken, auf keinen Fall einatmen. Beim Einatmen schießen geht immer daneben.«

Ich setzte zehn Schüsse daneben.

»Ich will sowieso nicht zum Bund«, sagte ich.

»Na komm, nimm das Gewehr und guck in die Kamera.« Arnulfs Vater hackte mit einem Schraubenzieher auf den roten Schalter. Es blitzte. »Ich muss zugeben, ist auch wirklich schwer zu treffen«, sagte er, »schwerer als ein Mensch.«

Das Polaroid kam aus der Wand. Arnulfs Vater wedelte es trocken, schaute drauf, grinste, gab es mir.

»Och, Holger«, sagte ich.

Holger grinste. Ich fand zwar ganz gut, wie ich aussah, ernst, zielend, aber Holger machte mir Hasenohren.

»Zehn Mark«, sagte Arnulfs Vater.

Ich zahlte. »Scheiße, ich glaube ich gehe nach Hause und gucke fern, das wird mir hier alles zu teuer.«

»Und was ist mit Nicola?«

»Die will eh nicht.«

»Ich hab mit Achim und Ingo besprochen, dass wir später noch Britta mit 'ner Bratwurst ficken wollen.«

»Das ist doch Scheiße.«

»Letztes Jahr hat sie auch mitgemacht ...«

Nicola trank Bier, Brenner hatte eine Pulle Apfelkorn am Hals. Nicola war bereits kippelig. Nelkenheini kam rein. Der war auch jedes Jahr mit dabei. Er war ein großer Dünner und machte Witze. Er setzte sich neben die Bühne und packte Erna aus. Erna war seine Frau. Eine lebensgroße, hässliche Puppe. An Heinis Schuhen waren Ösen, um Ernas Füße einzuhaken. Später würde er mit ihr tanzen und allerhand Quatsch anstellen. Der Höhepunkt seiner Show war vermutlich wie jedes Jahr, Erna bei einer schnellen Drehung auszuhaken und in die Waagerechte zu bringen. Alle würden kreischen und johlen, und schließlich würde er sie in die Menge schmeißen. Super Show.

»Ich muss mal pissen«, sagte ich zu Holger. Ich drehte eine Runde ums Zelt und atmete tief durch. Dann musste ich wirklich pissen und ging zum Sporthaus hoch, weil da die Toiletten waren. Ich steckte kurz die Nase rein, befand sie für zu stinkig und pinkelte lieber in die Hecke neben dem Haus.

»Trinkt Brenner den Apfelkorn?«

»Hi, Ingo.«

»Wir haben ihm die Flasche geschenkt.«

»Ja, er trinkt, wieso?«

»Die Hälfte der Flasche ist Pisse.«

»Das ist endlich mal wieder 'ne gute Nummer, wann sagst du es ihm?«

»In zehn Minuten.«

Ich setzte mich auf die Bank vor dem Sporthaus, weil ich was von dem Bier merkte, das ich getrunken hatte. Vom Zelt drang das Hupen der Blechblasinstrumente und Gegröle betrunkener Dörfler. Sie grölten *Wir wollen nie mehr auseinander gehen* und so'n Scheiß. Ich rotzte. Hatte im Halbkreis um mich herumgerotzt. Eine Markierung rechts, eine links, dann mittig dazwischen, und dann immer mittig in die Lücken. War gar nicht so leicht, auf den Punkt zu rotzen. Ich wollte eine Linie haben, ehe die ersten Flatschen getrocknet waren. Plötzlich setzte sich Nicola zu mir auf die Bank und guckte mich an.

»Na«, sagte ich.

Sie guckte und schwieg. Irgendwie guckte sie, als ob sie nicht wüsste, wer ich bin. Die hat einen im Kahn, dachte ich und sagte: »Ich bin's, Brenner«, worauf sie anfing, mich abzuknutschen. Sie setzte sich auf meinen Schoß und legte los, traktierte meinen Mund- und Rachenraum mit ihrer Zunge, aber es war gar nicht so schlimm, wie Holger erzählt hatte. Toll war es allerdings auch nicht, und sie schmeckte nach Pommes, oder es kann auch sein, dass sie danach roch, weil sie sich beim Essen voll geschmiert hatte. Trotzdem, ich dachte: Geil, ich küsse Nicola. Irgendwie rutschten wir von der Bank und lagen auf den Waschbetonplatten. Wir lagen zwischen der Bank und meiner

Grenze aus Spucke. Leute gingen vorbei, wegen der Toiletten. Allerdings fast nur Frauen, denn die Männer pissten natürlich lieber irgendwo ins Gebüsch. Nachdem wir 'ne Weile rumgemacht hatten, stand sie plötzlich auf, lallte unverständliche Worte, »Apfelkorn«, glaube ich, und ging zurück zum Zelt. Ich blieb auf den Waschbetonplatten liegen und dachte: Scheiße. Ich wusste nicht genau, ob ich hinterhergehen sollte oder besser nicht, und ob sie mich tatsächlich mit Brenner verwechselt hatte, war mir auch nicht klar. »Trink nichts von dem Apfelkorn«, rief ich ihr nach.

Durch den Lautsprecher knarzte es: »11:1 Endstand.«

Britta kam vom Klo und lallte irgendwas. Keine Ahnung, ich war drauf, stand auf, rotzte, packte sie, knutschte sie. Sie machte mit. Scheißegal, nehm ich eben Britta.

»Mh«, machte sie und lallte wieder irgendwas. Sie war so besoffen, dass wir umfielen, die kleine Böschung runterkullerten und auf der Aschenbahn lagen. Ich hatte meine Clogs plötzlich nicht mehr an. Britta bewegte sich kaum und lag röchelnd auf dem Rücken. Ich fand es ganz gut, dass ich oben lag, ich hätte keinen Bock gehabt, in diesem roten Staub zu liegen und mir meine Klamotten einzusauen. Ich küsste sie, und sie küsste automatisch zurück. Speichel tropfte an meinem Kinn herunter. Britta schmeckte genauso nach Bier-Cola-Würstchen wie Nicola. Vielleicht muss man sich an so was gewöhnen. Wir drehten uns. Scheiße, meine Klamotten, dachte ich, und dann lief mir ein Schwall von Brittas Speichel über die Backe am Hals runter ins Genick. Ich drehte uns wieder um.

Britta trug einen Pulli. Ich schob ihn einfach mal hoch. Ihre Brüste waren in einem BH. Ich schaute mir die Dinger an und streichelte, was oben rausguckte. Britta hatte viel mehr Busen als Nicola, glaube ich. Sie stöhnte. Holger meinte, Frauen würde es immer begeistern, wenn Männer wüssten, wie ein BH aufgeht, und einhändig aufmachen, während man mit der anderen Hand irgendwo anders rummachte, würde richtig Pluspunkte bringen. Ich versuchte es. Ach, egal, Britta war sowieso besoffen. Ich klappte das Ding einfach hoch. Die ersten Brüste meines Lebens, dachte ich und machte »Uuuh«, als ich dranfasste. Dann knetete ich los. War ganz gut. Britta lallte schon wieder unverständliches Zeug. Vielleicht wollte sie sagen, dass es nicht der richtige Ort wäre hier, auf der Aschenbahn. War mir jetzt aber egal.

Auf einmal gab sie ein unpassendes Geräusch von sich. Dem Geräusch folgte ein Schwall Erbrochenes, flüssige Bierkotze mit Pommes und Wurststückchen. Scheiße, dachte ich. Britta gurgelte ein klägliches »Ich sterbe.«

Ich klappte den BH wieder über ihre Brust, zog den Pullover runter und rollte Britta auf die Seite, für den Fall, dass sie nochmal kotzen müsste. Bloß nach Hause jetzt. Eine ganze Zeit lang versuchte ich, mir vorzustellen, wie das für Britta sein würde, zu sich zu kommen, Kotze unterm Pullover, und überhaupt nicht zu wissen, was los gewesen ist. Aber dann dachte ich an Bon Scott von *AC/DC*. Der musste auch dauernd kotzen, und der war immerhin Sänger. Sie hatten ja die gleichen Initialen, Britta Schmieding und Bon Scott. Britta konnte allerdings nicht singen. Ich drehte kurz meinen Kopf zur Seite und rotzte. Wenn man erst mal anfing mit rotzen, konnte man nicht mehr aufhören, vermutlich weil die Speichelproduktion angeregt wurde, wenn man ständig alles ausspuckte. Einmal meinte Ingo zu mir: »Ich hab mitgezählt, du hast in fünf Minuten dreiundzwanzig Mal gerotzt.«

Ich musste zugeben, dass das ganz schön oft war.

Ingo und Holger kamen mir entgegen.

»Britta gesehen?«

»Nee!«

»Was ist los?«

»Ich geh nach Hause.«

Als ich am Zelt vorbeiging, sah ich, wie Nelkenheini sich drehte. Erna hob ab. Dann flog sie im hohen Bogen über Tische hinweg in die Blaskapelle. Biere kippten um. Alle grölten.

Auf dem Parkplatz erkannte ich ein paar Nachbarn. Sie polierten Werner Zimmer die Fresse. Vier hielten ihn fest, und drei hauten drauf. Nicola fuhr mit ihrem hässlichen Mofa an mir vorbei. Ganz schön gerade für 'ne Besoffene. Sie zog die Kompression zweimal, um mich zu grüßen. Klang wie Entengeschnatter. Bei all dem Firlefanz an ihrer Kiste hätte sie sich ja wohl auch noch 'ne Hupe anbauen lassen können.

Ingo Korf:

Grundig C-2800 Automatik

Das Fressen war drin. Ich hatte mein eigenes Stück Seife und wusch mir gründlich die Hände. Danach ging ich ins Wohnzimmer rüber. Meine Alte folgte.

»Muss denn das schon wieder sein?«

Jeden Tag die gleiche Frage.

»Ja, muss!«

»Der soll aber hier unten stehen, im Wohnzimmer.«

»Da ist doch nie einer.«

»Heute Abend aber!«

»Gucken wir da nicht fern?«

»Aus dir wird nie was, wenn du ständig das Ding an hast.«

»Ich kann besser lernen mit Musik.«

»Du sollst nicht immer das letzte Wort haben.«

»Ich nehme ihn mir jetzt!« Netzstecker ziehen und Gerät greifen waren ein routinierter Bewegungsablauf.

»Lass ihn stehen!« Meine Mutter versperrte mir den Durchgang, stand zwischen mir und der Tür. Ich blieb ruhig, sagte nichts, wickelte das Netzkabel sorgfältig zusammen, machte Anstalten zu gehen.

»Soll ich dich jetzt aus dem Weg räumen?«, fragte ich.

»Lass-ihn ste-hen!«, stakkatote sie.

Ich schwieg. Schweigen provoziert. Meine Mutter kam auf mich zugerollt wie ein feindlicher Panzer und riss mit der einen Hand am Radiorecorder, während sie versuchte, mich mit ihrem steifen Arm zu schlagen.

»Der bleibt hier!«, brüllte sie. Ihr Atem roch nach Essen.

Ich war überrascht, was das Gerät aushielt. Wir zogen schließlich beide dran. Ich bekam Angst, dass der Recorder dabei kaputtgehen könnte. Ich dachte an den Deutschunterricht, an Bertolt Brecht und den *Kaukasischen Kreidekreis*, und ließ los. Meine Mutter ließ auch los, denn sie wollte ihren Fall mit den Armen abfedern. Ich hatte keine Angst um sie, der Teppich war weich. Noch während sie fiel, hatte ich den Recorder und ging raus. Ich schloss die Wohnzimmertür, während sie sich zwischen den Sesseln abrollte. Interessierte mich nicht mehr, was sie vor sich hin betete. Ich hörte, wie sie eine Schublade lautstark zustieß, eine Schranktür knallte. Platte Wut, null Beherrschung. Na, die würde sich von selbst wieder abregen. Die Wohnzimmertür flog nochmal auf.

»Ich stelle dir den Strom ab, Bürschchen.«

»Damit wieder die Gefriertruhe abtaut, wie beim letzten Mal ...?«

»Glaube ja nicht, dass du damit durchkommst«, brüllte sie mich an, »am Samstag ist Papa da.«

Papa? – Vielleicht sollte ich dem einfach auf's Maul geben? Könnte ich eigentlich mal versuchen, der war doch kaputt vom Malochen.

»Was ist jetzt?« Die Stimme meiner Mutter überschlug sich.

»Wer schreit, hat Unrecht«, sagte ich ruhig.

»Du sollst nicht das letzte Wort haben.«

»Leg mir 'n Schlafsack raus, ich übernachte ab morgen in der Schule.«

»Kein Wunder, dass dich da alle verprügeln.«

»Schnauze, davon verstehst du nichts!«

»Du bist nicht mein Sohn, du bist ein Miststück!«

Sie fing an zu flennen, als sie das sagte. Es war jedes Mal das Gleiche, von null auf hundert in zehn Sekunden.

»Du warst eine schmerzhafte Geburt, ich hätte es mir gleich denken können.«

Das schon wieder. »War ja nicht meine Idee, mich zur Welt zu bringen.«

»Raus hier!«

»Gerne!«

Ich schlug die Wohnzimmertür zu. Leider mit einer solchen Wucht, dass die getönte Glasscheibe, die in die Tür eingesetzt war, augenblicklich brach und auf dem Fußboden landete. Das hatte ja irgendwann so kommen müssen, war kein Sicherheitsglas.

»Du zahlst das«, quiekte meine Mutter, sie im Wohnzimmer, ich im Treppenhaus, zwischen uns eine Tür, die ihren Zweck nicht mehr erfüllte, »und wenn du jedes Wochenende zu Beckers auf die Plantage gehst und von morgens bis abends schwarze Johannisbeeren pflückst, hast du verstanden!«

»Bin ja nicht taub.«

»Ob du das verstanden hast, will ich wissen!«

»Was soll ich denn darauf jetzt noch sagen?«

»Ob du Aas das verstanden hast!«

»Gib es doch zu, du hättest jetzt auch gerne 'ne Klopp-Peitsche, wie Tante Ingelore!«

»Aus meinen Augen!« Sie fing an, das Glas aufzusammeln.

Hoffentlich schneidet sie sich, dachte ich. Das mit Tante Ingelore hatte gesessen. Sie und Tante Ingelore, das war wie Feuer und Wasser. Zu Tante Ingelore fuhren wir nicht mehr. Da durfte man sich quasi nicht bewegen, und nachmittags wurden die Rollladen heruntergelassen, und wir mussten Urlaubsdias anschauen. Wo die überall gewesen waren, in Italien, in Frankreich, in den Alpen, an der Nordsee, auf Föhr. Auf den Fotos war im Vordergrund immer Tante Ingelore. Onkel Heinz hat fotografiert. In ihrer Küche neben dem Küchenschrank hing eine Peitsche, so'n nunchakulanger Holzstiel mit sechs Lederriemen dran. Ich hatte mal miterlebt, wie sie den Markus, meinen Cousin, damit verdroschen hat, weil er beim Mittagessen mit dem Stuhl gekippelt hat. Plötzlich sprang die auf, riss das Ding von der Wand und fing an, damit loszuprügeln, ins Gesicht und so. Markus kroch auf allen vieren durch die Küche. Ich war unter den Tisch geflüchtet. Markus musste sich anschließend in die Ecke stellen, Gesicht zur Wand und schweigen.

»Keinen Mucks will ich hören, sonst geht's sofort weiter!«

Ich sollte seinen Pudding aufessen. Der war eigentlich lecker, aber mir war ganz schlecht. Hab meiner Mutter das hinterher erzählt, da hat sie sich aufgeregt und Tante Ingelore angerufen, aber die hatte 'ne schnelle Zunge, da kam meine Mutter nicht gegen an, die hat sie total fertig gemacht, worauf mein Vater den Kontakt abgebrochen hat.

»Ingelore, wir haben uns nichts mehr zu sagen«, brüllte er ins Telefon. Ich konnte sie am anderen Ende krakeelen hören, worauf mein Vater sagte: »Schieb dir das sonst wo hin, Schwesterchen!«, und den Hörer auf die Gabel haute. Hätte ich ganz gerne gewusst, was sie sich wo hinschieben sollte.

Die kaputte Tür war ein Problem, deswegen würde sich meine Mutter am Samstag, wenn mein Vater hier war, an alles erinnern. Ansonsten war Streit mit ihr nicht so dramatisch. So was dauerte höchstens zwei Tage, und man konnte wieder ganz normal mit ihr umgehen. Man durfte bloß kein Wort mehr drüber verlieren. Das war wie Silvesterknaller am Neujahrstag, total kurze Zündschnur und *rums*.

Irgendwann hatte sie damit angefangen, immer aufzuschreiben, was ich ihr so an, wie sie das nannte, Gehässigkeiten an den Kopf schmiss. Lauter kleine Notizzettel, die aus ihrem Gebetbuch quollen. Ich hatte sie entdeckt, als ich in ihrem Nachtschrank was suchte, und sie einfach alle rausgenommen. Zum Beispiel stand auf einem: *Er hat ge-*

sagt, Papa ist 'ne blöde Sau, der kann von mir aus abkratzen, ihr könnt alle abkratzen, 13. 3. 79; und: *Er hat gesagt, er kann sich nicht vorstellen, dass er unser Kind ist, 'ne blöde Kuh und ein Totalversager, da könne doch unmöglich er das Ergebnis sein, 1. 5. 79; Man sollte euch an die Wand stellen, 6. 12. 78*. Sie hat nicht gemerkt, dass die Zettel weg waren. Aus den Augen, aus dem Sinn.

Meine Mutter motzte immer noch rum. Ich dachte mir meinen Teil, ich dachte, halt's Maul, dämliche Kuh, und ging hoch auf mein Zimmer. Da hatte ich wenigstens meine Ruhe. Ich setzte mich an meinen Schreibtisch, steckte das Netzkabel des Radiorecorders in die Steckdose und schaltete das Gerät ein. Miese Woche. Erst Arschloch Schillerlocke im Bus, besiegt einen, und jetzt war auch noch die Tür kaputt. Scheiß auf Hausaufgaben, schreibe ich morgen früh vor dem Unterricht bei irgendwem ab.

... *und hier der neueste Hit von den Monsters aus die United States und sie wuärden auch on Tour sein in Deutschland demnäikst, der Neuzugang diesen Woche* ... ich hatte meinen Finger auf der Aufnahmetaste ... *und für alle Fans sicher ein Riesenrenner, hier sind Kiss und ihr neueste Single* ... quatsch bitte nicht rein, Mel ... *Sure Know Something* ... und die Starttaste. Mel Sandock quatschte fast immer rein, er war 'n Ami, Amis quatschten rein, genau wie die vom BFBS. Man konnte einfach nicht sauber mitschneiden. Das war meine dritte Kassette Radiomitschnitte. Ich wollte irgendwann 'ne Party machen, dafür brauchte ich die Kassetten. Die Party sollte von drei bis zehn gehen, was bedeutete, ich bräuchte sieben C-60, denn ich wollte keine mehrmals spielen. Hoppla, das Signal, das einen Verkehrshinweis ankündigte. Ich drückte die Stoptaste, wartete bis der Verkehrshinweis zu Ende war ... Record/Start, gleichzeitig. Manchmal merkte man es gar nicht, wenn man hinterher die Kassetten anhörte und nicht extra drauf achtete, nur ein

Knacken. Schillerlocke meinte, dass das alles nichts taugen würde, weil mein Radio nur Mono sei, und dass es nur in Stereo richtig abginge, und für Partymachen könnte man das sowieso vergessen, da bräuchte man mindestens zwei mal 75 Watt Sinus, aber was sollte ich machen, ich war halt nicht evangelisch, ich hatte keine tausend Mark Konfirmationsgeld eingenommen, wie die anderen, und Schillerlocke würde ich sowieso nicht einladen. Könnte ich ja auch gar nicht mehr, der würde nämlich tot sein, wenn die Party – in Mono – steigen würde; der würde tot sein oder mindestens verkrüppelt. Deswegen würde ich die Party ja machen. Ich würde nur Mädchen einladen und denen was in die Getränke schütten. Wusste bloß noch nicht was.

Immer wenn ich sagte: »Mein Radiorecorder ...«, verbesserte mein Vater mich und sagte: »Unser Radiorecorder, der Familienradiorecorder!« Betonung auf Familie. Ich wollte trotzdem, dass er in meinem Zimmer stand. Familie war doch Scheiße. Warum sollte er denn da unten rumstehen, wo ihn niemand benutzte? Meine Mutter nicht, und mein Vater war nie da. Außerdem – der hörte keine Musik, der pfiff höchstens mal 'ne Phantasiemelodie. Wenn ich morgens in der Schule war, stellte meine Mutter den Recorder ins Wohnzimmer zurück, jedes Mal. Aber nicht, um ihn zu benutzen, sie stellte ihn auf ein gehäkeltes Deckchen wie 'ne Tonente, nach dem Motto: Seht mal, was wir für einen schicken Radiorecorder haben. Ein Radiorecorder als Dekoration. Letztens habe ich sie gefragt, ob sie ihn nicht gleich an die Wand nageln wollte, direkt übers Sofa, neben die Scheißheidelandschaft, oder noch besser, die Heide weg und den Rahmen um den Recorder gekloppt. »Ich würde es dir sogar machen«, habe ich gesagt. Sie hat ihn danach mit einem Fahrradschloss an den Beistelltisch angekettet. Das war ein Zahlenschloss. Ich konnte mir schon denken, wo sie sich die Nummer notiert hatte. Hinten in ihrem Gebetbuch. 8372. Ich hab aus der Drei 'ne Acht gemacht. Der Beistelltisch im Wohnzimmer war so einer mit gläserner Tischplatte, und das Gestell war aus Messing. An dem hing dann das Fahrradschloss. Die Alte hatte ein Gedächtnis wie'n Sieb. Hoffentlich hatte ich das nicht geerbt.

Am Telefon war auch ein Schloss. Damit ich die Familie nicht finanziell ruinieren würde, sagten sie. Ein Telefon sei dazu da, angerufen zu werden. Ansonsten könne man, wenn man was mitzuteilen hätte, schließlich auch schreiben. So eilig könnte es in meinem Alter ja wohl nicht sein. Ich hab noch gesagt: »Und was war damals, als der Freising Mama in den Arm geschossen hat?«

Da sagte ausgerechnet meine Mutter: »Da wärst du genauso schnell bei den Nachbarn gewesen. Und außerdem, was hat es gebracht? Der Arm ist verpfuscht, steif, das waren die im Krankenhaus. Wenn wir bis zum Wochenende gewartet hätten, bis Papa gekommen wäre, der hätte mit Schwedenkräuterumschlägen nicht so einen Quatsch angerichtet, dass man jetzt fast 'ne Haushaltshilfe braucht. Das ist kein Argument, mit dem Ellenbogen.«

Ich glaube, wir waren arm. Wenn jemand wie mein Vater die ganze Woche keulte und wenn man dann nicht telefonieren durfte, wie man wollte, und es obendrein nur einen Radiorecorder im Haus gab. Das musste doch Armut sein, Armut oder Schikane.

Gelegentlich las ich die Wochenberichte meines Vaters. Wenn er am Wochenende zu Hause war, verbrachte er immer ein paar Stunden damit, sie auszufüllen, aufzuschreiben, was er und seine Kollegen wann, wo, wie lang gearbeitet hatten. Estrich, Rauputz, Fenster eingemauert. Meistens schlief er dabei ein. An manchen Tagen arbeitete er 13,5 Stunden. Ich habe es gelesen. Wenn ich noch hinzurechnete: eine Stunde Pause, eine halbe Stunde Anfahrt, eine halbe Stunde Rückfahrt, Frühstück, Abendessen, sagen wir, zusammen eine halbe Stunde – er war ein Schnellesser, und meine Mutter hasste das –, was blieb denn da noch übrig von seinem Tag? Dann war die Arbeit auch noch anstrengend. Er klagte über Schmerzen in den Knien und im Kreuz. Und außerdem die Fahrten, Sonntagnacht nach Berlin, Freitagmittag zurück. Fahrzeit mindestens fünf Stunden, wenn an der Grenze Stau war, sechs oder sieben. Samstag schlafen. Sonntag rumliegen, Besuch empfangen, eventuell sogar jemanden besuchen, und dann abends, so gegen sieben oder acht, stand der Kotzolt vor der Tür, mit dem Ford Transit, hupend. Dann hieß es, hinein in die Mühle, auf nach Berlin. Und dann die Firmenpleiten, die nicht gezahlten Löhne, monatelang hingehalten, nicht bezahlt, dann Konkurs, und wer bekam sein Geld zuletzt? Der Kotzolt. Mein Vater bekam überhaupt nichts. Das Ende vom Lied: Ich hatte keinen eigenen Radiorecorder, Colonel Jeans statt Wrangler, Nutella war Luxus.

Ich hörte meine Mutter, sie kam die Treppe rauf. Sie ging immer ganz schnell, so als wollte sie die Treppe in möglichst kurzer Zeit hinter sich bringen. Heute war sie besonders fix. Der Windzug fegte mich fast vom Stuhl, so schnell stieß die meine Tür auf.

»Und Sonntag kommst du mit in die Kirche, du beichtest«, schrie sie und schlug die Tür wieder zu.

»Verreck doch, blöde Kuh«, schrie ich zurück, »Freising hätte dir besser in den Kopf geschossen!«

Die Tür war sofort wieder offen.

»Was für Worte gegen deine eigene Mutter! Schäm dich, pfui.« Sie weinte mal wieder.

Ich blickte, im Ansatz beschämt, zu Boden. Trotzdem, eine Entschuldigung kam nicht in die Tüte.

»Alle haben es immer gesagt, Tante Luise, Tante Marga-Therese, Tante Ingelore, alle. Mit dem Kind wirst du eine Menge Ärger haben, haben sie gesagt, das wird ja zum Monster, wenn es seinen Willen nicht kriegt, schmeißt sich auf den Boden und schreit. Alle haben es gesagt: ein Monster. Du bist ein Monster. Aber am Samstag kommt ja Papa. Dem erzähl ich alles, dann kannst du was erleben, da kannst du Gift drauf nehmen, der schlägt dich windelweich.« Sie haute die Tür zu. Dann hörte ich sie auf der Treppe: »Windelweich soll der dich kloppen«, ich hörte die Tür zum Treppenhaus, ich hörte die Schlafzimmertür. Vermutlich schrieb sie es wieder auf. *Verreck doch, blöde Kuh,* und *Freising hätte dir besser in den Kopf geschossen, 1. 7. 1979.*

Das wollten wir doch mal sehen, ob ich am Sonntag in die Kirche müsste. Mein Vater glaubte schließlich auch nicht an Gott. Er gab es nur nicht zu. Wenn man ihn drauf ansprach, bediente er sich eines wissend klingenden Tonfalls und sagte immer: »Ja, da muss auf jeden Fall damals, vor tausendneunhundertachtzig Jahren ungefähr, irgendwas Außergewöhnliches vorgefallen sein – glaube ich.«

Da konnte ja jeder kommen. Ich glaubte jedenfalls nicht an Gott, ich glaubte an nichts, wozu ich gezwungen wurde.

Ich griff in meine Schublade und zog die Liste raus. Schillerlocke, da stand er, ganz oben. Ich musste ihn draufschreiben. Er hatte mir mal eine Elvis-Kassette ausgeliehen. Das Ding war total ausgeleiert gewesen, tausendmal gehört, nicht mal selbst gekauft. Ich war mitten in *King Creole,* als die Kassette ihren Geist aufgab. Der ganze erste Teil des Bandes hatte sich in den Recorder gewickelt, völlig verdreht und zerknittert, nicht mehr zu retten, der Recorder wäre beinahe mit draufgegangen. Hat Stunden gedauert, den ganzen Bandsalat aus der Elektronik zu friemeln.

Und ich bin tatsächlich noch hin zu ihm, hab gesagt, tut mir Leid, und pass mal auf und so, da wollte der von mir als Ersatz eine *Buddy-Holly-20-Hits*, die zu der Zeit gerade im Fernsehen beworben wurde. Und zwar eine neue. Das war kurz nachdem sie mit Elvis und seinen vierzig Größten durch waren. Ich hatte natürlich nicht genug Geld. Blieb bloß Diebstahl.

Ich fuhr mit meinem Fahrrad nach Lemgo und brauchte drei Stunden, um in der Musikabteilung von Karstadt die bestellte Kassette zu klauen. Langsam manövrierte ich sie vom Regal mit den teuren Kassetten zu den Sonderangeboten rüber, die in einer Wühlkiste lagen. Dort ließ ich sie erst mal ein bisschen ruhen. Ich häufte satt Billig-Kassetten obendrauf und drückte mich dann bei den Stereoanlagen rum. Nach einer halben Stunde stand ich wieder am Wühltisch, zog irgendwelche Kassetten aus dem Haufen und ließ sie angewidert fallen, in höchstem Maße darauf konzentriert, einen Den-Scheiß-will-ich-bestimmt-nicht-Ausdruck im Gesicht zu haben. Während ich mit meiner Rechten eine Kassette nach der anderen angewidert fallen ließ, griff ich mit der Linken blitzschnell die deponierte Buddy-Holly-Kassette, ließ sie unauffällig in den mitgeführten Regenschirm flutschen und haute schleunigst durch den Seiteneingang ab.

»Na also«, sagte Schillerlocke, »geht doch«, war dann aber der Ansicht, dass zwanzig Buddy-Holly-Hits weniger wert sind als vierzig von Elvis, und wollte obendrein noch zwanzig Mark von mir haben. Ich sagte nee und ging. Er folgte mir und schubste mich eine Treppe runter. Seitdem stand er auf meiner Liste.

Schillerlocke sollte dran glauben. Ich hatte es mir oft genug überlegt, und nach der Klopperei im Bus führte da sowieso kein Weg mehr dran vorbei. Ich war zwar gegen Todesstrafe, aber wenn ein direkt Betroffener, weil er die

Demütigungen und Verletzungen nicht mehr länger ertrug, sich zur Wehr setzte, seinen Peiniger ausschaltete, dann war das anders zu bewerten, als wenn einer mit dem Handbeil gegen Geld Sträflingen den Kopf abhackte.

Mel kündigte *Boney M.* an, *By the Rivers of Babylon*. Das nahm ich nicht auf, das fand ich Scheiße. Ich drehte trotzdem voll auf, von wegen Dröhnung, und blätterte in meinem Biologiebuch. Bilder angucken ging bei jeder Lautstärke. Die Abbildung eines Maulwurfs erinnerte mich an den vorletzten Herbst. Der ganze Vorgarten hatte unter Wasser gestanden von den in die Erde gesteckten Schläuchen, und mein Vater und meine Mutter gruben Maulwurfgänge auf. Sie hatten beide Latzhosen an und gelbe Gummistiefel. Am Zaun lehnte unser Nachbar Teutschmann.

»Ich würd dat mit Jift machen. Wenich Arbeit, aber funktioniert hundertprozentig. Stinkt nur'n bisschen – billijer is' auch.«

»Glaube ich, wir haben schon zwei Stunden Wasser an, aber der taucht nicht auf.«

»Hier ist er ja!« Meine Mutter hatte ihn erwischt. Er war hinten mit matschiger Erde verschmiert, zitterte und saß vorne auf ihrem Spaten. Mein Vater und Teutschmann bestaunten die Beute.

»Janz schöner Kaventsmann«, befand Teutschmann.

»Der frisst mir nicht mehr die Gladiolen ab«, sagte meine Mutter.

»Der frisst gar nichts mehr ab, los, über'n Zaun damit, in den Bach«, kommandierte mein Vater.

Meine Mutter holte mit dem Spaten aus und stellte sich hin wie eine mittelalterliche Steinschleuder.

»Wirf'n man erst jejen die Wand«, sagte Teutschmann, »hinterher schwimmt der irjendwo an Land, und dann hat'n wer anders im Jachten.«

Mit Dingen wie Werfen war meine Mutter ungeschickt, trotzdem, sie traf die Hauswand.

»Ach Margret!«, schnauzte mein Vater, noch bevor der Maulwurf an die Wand klatschte, »jetzt guck dir den Fleck an!«

Mein Vater nahm den Maulwurf auf seinen Spaten. Die Nase war blutig, und er zitterte nicht mehr, und nur wenn man sehr genau hinhörte, konnte man das Plumpsen vernehmen in dem Moment, als der kleine Kaventsmann im Fluss versenkt wurde.

»Das nächste Mal nehmt man Jift«, sagte Teutschmann, »hab ich im Keller, inner Dose, so Kugeln.«

Mel spielte *You're the One that I Want*. Hatte ich schon. Ich schaute nochmal den Maulwurf im Biologiebuch an. Warum eigentlich nicht. Ich schlich mich die Treppe runter, hörte meine Mutter: »Nein, nein, nein, so nicht, so nicht mehr ...« Sie führte eines ihrer Selbstgespräche, übte gegen mich argumentieren. Ich lehnte die Haustür an und dann schnell durch den Garten, über den Zaun zu Teutschmanns. Der Alte war unterwegs, seine Frau müsste jetzt Mittagsschlaf halten. Ich probierte die Kellertür. Scheiße, abgeschlossen. Ich überprüfte die Kellerfenster, eins nach dem anderen. Waren die gleichen wie bei uns, dürfte also kein Problem sein. Rechts und links jeweils ein Flügel Mäusegitter und ein Flügel mit Scheibe, nach innen öffnend. Wenn die Scheibenflügel offen standen, genügte ein langer, fester Draht, um durch das Mäusegitter hindurch den Verschlussbügel zu betätigen. Beim Kellerfenster unter der Küche war die Scheibe nicht davor. Es war der Keller mit den Lebensmitteln, da musste frische Luft rein. Ich zog einen langen Schraubendreher aus meiner Tasche und bewegte durch das Mäusegitter hindurch den Verschlussbügel vorsichtig nach oben. Er war schwergängiger als die bei uns zu Hause. Trotzdem, die beiden Gitter sprangen auf. Ich kletterte durch das Fenster und ließ mich vorsichtig runter. Hell war es nicht gerade, aber ich gewöhnte mich schnell an das schummerige Licht. War zwar nur der Keller der Nachbarn, jedoch mein Herz hatte das nicht gleich kapiert, es raste. Okay – wo war Gartenchemie? Hier war nur Wurst in Gläsern, hier waren Konserven, im Regal lagen Äpfel auf Zeitungspapier. Ich nahm einen, biss rein. Herrgott, war das laut. Ich legte ihn, Bisswunde nach unten, zurück ins Regal und schritt auf die Tür zu. Eine simple Brettertür, völlig verzogen. Beim Versuch, sie zu öffnen, entstand ein Geräusch, das ich schon oft gehört hatte, wenn ich draußen im Garten war, das ich aber bisher nicht hatte zuordnen können. Auf dem Boden war eine Furche wie mit dem Zirkel angelegt. Die Tür war unten zu lang, zu wenig Abstand zum Boden. Ich stemmte mich unter die Klinke und öffnete die Brettertür in kleinen, langsamen, anstrengenden Schüben so weit, bis ich durch den Spalt schlüpfen konnte. Kellerflur. Rechts von mir war die Treppe nach oben in die Wohnung. Es gab vier Türen zu weiteren Kellern. Schillerlocke, alles wegen dir, alles wegen dir. Du-und-du-schu-bi-du-da-nein-da-rein. Nach irgendeinem Prinzip musste man schließlich vorgehen, war ja noch nie hier unten gewesen. Ich öffnete die Kellertür unter der Toilette. Wieder das gleiche Problem, zu große Tür, wieder unter die Klinke stemmen, Vorsichtige, kurze Schübe und dann durch den Spalt. Mein Herz beruhigte sich langsam. Keller ist Keller. Sogar an den süßlich fauligen Geruch hatte ich mich gewöhnt. Hier drin war kein Regal, nur ein alter Schrank. Trotzdem, reingucken, wenn man schon mal da war. Scheiße, abgeschlossen. Ich überlegte nicht lange, steckte den Schraubendreher ins Schloss, drehte, drückte, hebelte, führte aber zu nichts, also schob ich ihn oberhalb des Schlosses zwischen die beiden Schranktüren. Im selben Moment, als das Schloss nachzugeben schien, rauschte rechts neben mir lautstark etwas vorbei. Die Teutschmann war wach und hatte 'ne Rohrpost versandt. Während sie oben immer noch wie wild spülte, knackte ich die Tür. Im Schrank stank es nach Lavendel, und da hing 'ne alte Uniform. Vermutlich noch aus dem Zweiten Weltkrieg. Der war ja im Krieg gewesen, der Teutschmann. Kurz vor Ende hatten ihm die Amerikaner noch schnell ins Bein geschossen, da war er grade mal siebzehn gewesen. Gar nicht weit von hier, nur so dreißig oder vierzig Kilometer. Der Lavendel war vermutlich wegen der Motten, aber die Uniform sah trotzdem ziemlich angefressen aus. Teutschmann hatte ein paar Mal davon erzählt, dass er mit 'nem Haufen Hitlerjungen beauftragt gewesen war, dieses Dorf auf'm Berg zu verteidigen, war berühmt, der Ort, wegen seiner Fachwerkhäuser und der Burg. Sie hätten wohl alle da gesessen mit ihren Flinten und die Ebene eingesehen. Eine kleine Kanone hätten sie auch gehabt. In der Ebene auf einem Hügel, außerhalb der Reichweite der kleine Kanone, lagerten Amerikaner. Irgendwann kamen zwei von denen mit dem Jeep angefahren und haben gefordert, dass er und seine Hitlerjungen sich ergeben sollten. Aber sie wollten sich nicht ergeben, wie sah denn so was aus. Da haben die Amerikaner einmal mit einer von ihren Kanonen geschossen. Mittenrein in den Ort. Drei waren danach tot und zwei Häuser weg. Da, wo das eine Haus gestanden hatte, ist heute ein Parkplatz, wo das andere Haus war, 'ne Sparkasse. Als die Amerikaner das zweite Mal kamen, haben sie Teutschmann ins Bein geschossen, angeblich nur so. Plötzlich war dann Kapitulation gewesen, und da ist er einfach aus dem Feldlazarett abgehauen und nach Hause gehumpelt.

Unten im Schrank lag so 'ne Art Sack, ich machte ihn auf, war ein Tuch drin, in dem was eingeschlagen war. Halleluja, 'n Ballermann. Der Teutschmann hatte hier 'n Ballermann versteckt. Zwei volle Magazine waren auch dabei. Ich hielt die Pistole in der Hand, zielte auf das Abwasserrohr, auf das Kellerfenster, auf den Schrank, auf die Wand, zielte überallhin und dachte, dass es mit dem Ding ein Leichtes wäre, Schillerlocke aus dem Weg zu räumen. Allerdings erschießen, das käme bestimmt raus, und dann wär ich dran. Ich wickelte die Waffe wieder ein. Wenn ich die jetzt mitnehme, dachte ich, fliegt das hinterher auf. Reichte ja zu wissen, wo sie war, für den Fall, dass geschossen werden musste.

Ene-mene-mu-auf-gehst-du. Der Keller unter dem Wohnzimmer. Na also, da stand doch schon, was ich suchte, Düngemittel, Ameisen-Aus, Schneckentod, Unkraut-Ex, Rostschutzfarbe. Meine Augen blieben an einer bedrohlich gestalteten Büchse kleben. Polythanol in weißen Lettern auf schwarzem Grund und ein schwarzer Totenkopf auf orangem Grund. Schillerlocke, das war's. Ich griff mir die Büchse und sicherheitshalber auch noch Schneckentod und machte mich vom Acker. Wenn ich das Zeug bis morgen zurückstellte, würde keine Sau was merken. Ich schlich mich zurück in den Keller unter der Küche, schob zwei Bierkisten unter das Kellerfenster, kletterte raus, zog die Gitter ran, lief geduckt quer durch den Garten, kletterte über den Zaun, schlich zurück in unser Haus, schloss vorsichtig die Tür, hörte meine Mutter: »Damit ist jetzt ein für alle Mal Schluss, dieses Gedudel, nein, nein, aus ... aus, Schluss ...«, sie führte noch immer ihr Selbstgespräch.

Ich wusch mir die Hände, nahm meinen Zahnputzbecher von der Ablage, füllte ihn mit Wasser halb voll und ging in mein Zimmer. Mel spielte gerade *Follow Me* von Amanda Lear. Ich legte eine Einwegspritze bereit, die ich Stephanie geklaut hatte, einer aus meiner Klasse, die zuckerkrank war und immer welche im Tornister rumschleppte. Hat sie gar nicht gemerkt, dass eine fehlte, war ja auch schon mal benutzt. Schneckentod war ein Pulver, das sich hervorragend auflösen ließ. Ich öffnete die Dose mit dem Totenkopf. War 'ne Plastiküte drin, in der Tüte Kugeln. Mein Plan war, das Gift in Wasser aufzulösen, in die Spritze zu ziehen und dann, morgen, Schillerlocke in seine Diät-Eier zu injizieren. Der aß die immer mit einem Happs, der würde nichts merken.

Der Tüte entwich ein seltsamer Geruch, als ich sie öffnete, seltsam, aber bekannt. Aus der Siedlung. Ich gab den Inhalt in den Zahnputzbecher und dachte noch, warum knallt und dampft denn das plötzlich und, ist ja vielleicht ungesund, das im Schlafzimmer zu mischen. Der Dampf kroch aus dem Becher raus, über den Schreibtisch, übers Biologiebuch, hüllte den Radiorecorder ein. Ich kriegte einen Hustenanfall und Ohrensausen. Alles sah aus, wie durch eine Gardine angeguckt, Mel kündigte *Baby It's You* von *Racey* an. Das hatte ich noch nicht, Record/Start, dachte ich und wollte die Tasten drücken, aber Schreibtisch und Radiorecorder entfernten sich, weil ich mit dem Stuhl nach hinten umfiel. Ich dachte Bettkasten, als ich mit dem Hinterkopf auf ihn draufschlug, weiter kam ich aber nicht, ich war weg.

Ich befand mich in einem Waldstück, auf der Suche nach einem Ersatzteil für meinen Radiorecorder. Da war eine Reparaturwerkstatt, die aussah wie ein Flugzeughangar im Dschungel. Ich war nicht allein, da waren Britta und Diana, Nicola, Holger, Guido, Norbert war auch dabei, und noch ein paar andere aus meiner Schule. Ich gab den Recorder in dem Hangar ab, hatte aber ein mulmiges Gefühl, es schien mir keine gute Werkstatt zu sein. Irgendwer kam auf die Idee, in das Farmhaus von Judolehrer Frank Burda zu gehen und dort zu warten. Es lag allein in einer hügeligen Landschaft. Frank Burda war nicht da, aber wir gingen einfach rein und saßen in seinem Wohnzimmer, das hell war. Die Polster waren Farbton Sahara. Britta schlug vor, ein paar Haustiere reinzulassen. Hunde, Katzen und Hühner bevölkerten das Wohnzimmer und machten alles schmutzig. Ein Maulwurf klammerte sich an mein Bein. Er war so groß wie ein Irish Setter. Ich lag mit dem Rücken auf dem Sofa, in Abwehrposition. Der Riesenmaulwurf hatte seine Beine um meinen Unterschenkel geschlungen.

»Er hat einen Würgetrieb«, schrie ich, »einen Würgetrieb!«

Ich versuchte, ihn abzuschütteln, er ließ aber nicht locker. Plötzlich hatte ich Teutschmanns Pistole in der Hand, mit der ich auf den Kopf des Maulwurfs zielte. Alle schrien entsetzt durcheinander, einige wollten, dass ich die Waffe fallen lasse, während ich mir vorstellte, dass sich der Maulwurf auch getötet nicht von meinem Unterschenkel lösen ließ. Ich sah, wie Norbert mit einem großem Bolzenschneider die hinter meiner Wade verknoteten Beine des Maulwurfs zu durchtrennen versuchte. Sollte ich jetzt schießen oder doch nicht …

Ich würgte. Durch kaum geöffnete Augen erkannte ich das Gesicht von Dr. Kobra, und nur einen Bruchteil einer Sekunde später realisierte ich, dass ich seinen Zeigefinger im Hals hatte und dass er mir damit mein Zäpfchen kitzelte. Es funktionierte. Ich kotzte ihm über die Hand. Hallo Welt, ich bin zurück.

»Ja, alles raus, prima Junge, alles raus!« Er hatte mein Kinn gefasst und hielt meinen Kopf schräg, und wenn mich eins zum Kotzen brachte, dann der Geruch von Kotze, also kotzte ich gleich nochmal.

»Der Junge muss besser kauen«, hörte ich Dr. Kobra sagen, »das kann man ja so wieder auf den Teller legen und nochmal servieren.«

»Er schlingt immer so«, sagte meine Mutter, »wie sein Vater.«

»Das ist nicht gut, da verbraucht die Verdauungsarbeit zu viel Energie, und die könnte ein Junge in seinem Alter für was anderes besser gebrauchen. Sagen Sie ihm vor jedem Essen: *Gut gekaut ist halb verdaut,* oder nehmen Sie es auf eine Ton-Kassette auf und lassen Sie es während der Mahlzeiten laufen.«

»Ja, ist gut, ich werde dran denken!«

»Gab es ansonsten irgendwelche Anzeichen für diesen Schritt?«

»Glauben Sie mir, ich habe überhaupt nicht mit so was gerechnet, wie sollte ich denn auch, er hat doch alles!«

»Hat er es denn mal erwähnt? Im Spaß vielleicht?«

»Nein, aber er ist häufig aggressiv, schimpft und nimmt unerlaubt den Radiorecorder.«

Ich konnte mir beim besten Willen nicht vorstellen, dass die wussten, dass ich Schillerlocke mit dem Gift kaltmachen wollte. War natürlich möglich, dass ich in der Ohnmacht laut gesprochen hatte. Die klangen aber so besorgt.

»Ich bin müde, ich bin so müde«, stöhnte ich und kriegte prompt eine ins Gesicht gehauen.

»Junge, nicht einschlafen, du sollst leben.« Und *zack,* noch eine.

Dr. Kobra dokterte irgendwas an mir rum.

»In der Schule wird er in letzter Zeit immer verprügelt«, sagte meine Mutter.

»Ist nicht zu übersehen.«

Mir wurde wieder schlecht. Ich würgte Gallensaft raus, der mir in der Kehle brannte. Dr. Kobra beugte sich über mein Ohr.

»Junge, was machst du nur, dir fehlt es doch an nichts!«

Ich öffnete meine Augen ein wenig und schaute so zerstört drein, wie ich konnte. So wie meine Mutter mich anschaute, war ich mir fast sicher, dass ich den Radiorecorder nie wieder rausrücken musste. Ich flüsterte: »Wo bin ich?«

»Alles in Ordnung, Junge!«, sagte Dr. Kobra.

»Bin ich nicht tot?«

»Nein, alles in Ordnung.«

Ich war froh, als die Sanitäter reinkamen, länger hätte ich das Spiel nicht mitmachen können. Ich wurde auf die Trage gelegt und festgeschnallt.

»Wo bin ich?«, fragte ich nochmal.

»Wir haben schon gedacht, es sei mal wieder 'ne Schusswunde«, lachte der eine Sanitäter.

»Mir geht's gut«, sagte ich und versuchte, dabei nach Rauschzustand zu klingen.

»Mir auch«, sagte der andere Sanitäter.

Das Blaulicht hatte Nachbarn angezogen. Herr Teutschmann reckte sich über den Zaun: »Was hat er denn?«

»Gift genommen!«, sagte meine Mutter

»Och«, antwortete Teutschmann.

Werde ich eben Judo lernen, dachte ich.

Achim Schnuelle:

Manöverschäden

Im Gegensatz zu Arnulf liebte ich die britische Armee. Diese Liebe war nicht politisch. Ich liebte die britische Armee, weil sie diese wunderhübsche, bewaldete Hügellandschaft, in deren Mitte wir hier alle lebten, mindestens zweimal im Jahr mit ihren Panzern und LKWs zu Klump und Kleinholz fuhr. Morsche Zäune wurden einfach überrollt, Scheunen, die bereits Anzeichen von Antik-Look hatten, überfahren oder erschossen. Die Soldaten kämpften in Blumenrabatten und gruben ihre Schützenlöcher in den englischen Rasen, der neuerdings überall spross, weil die ehemaligen Anbauflächen umgewandelt worden waren. Selbstversorgung aus dem eigenen Garten war unmodern geworden, weil man damit erstens kein Geld mehr sparen konnte und zweitens die Frauen ihre Nachmittage lieber auf Tupper-Partys verbrachten oder mit der Avon-Beraterin anstatt mit Harke und Forke im Beet, um zum Beispiel Mist zur Düngung unterzugraben.

Es war traumhaft, wenn die Briten kamen. Sie schossen den ganzen Tag mit Übungsmunition und nahmen keine Notiz von den Anwohnern. Hubschrauber landeten, wo Platz war. Scheiß auf Flieder, scheiß auf Rhododendron, scheiß auf alles. Einmal, als meine Mutter gerade Kartoffeln ausgrub, war plötzlich ein Hubschrauber über ihr, und die Kartoffeln waren überall. Die Briten machten auf Ernstfall. Das gefiel mir. Es gefiel mir, dass sie Gartentürchen eintraten, wenn sie klemmten.

Am Ende des Manövers bezahlten sie, was zu Bruch gegangen war. Man musste Formulare ausfüllen und einreichen. Das Problem war, dass es eine festgesetzte Summe zur Deckung aller Schäden gab und jeder Geschädigte lediglich anteilig bezahlt wurde. Wir bekamen mal 590 Mark Wiedergutmachungsgeld für einen Schaden.

Teutschmann sagte dazu: »Wer die Sozis wählt, soll sich nicht beschweren, wenn er finanziell verkackeiert wird.«

Sockel und Keller unseres Hauses waren aus hartem, silbergrauem Bruchstein.

»Der Keller ist atombombensicher«, meinte mein Vater bei jeder sich bietenden Gelegenheit.

Ich wollte das nicht glauben, aber nachdem er es oft genug betont hatte, tat ich es trotzdem. Das Oberhaupt zu bestätigen war gut für den Familienfrieden. Silbergrauer Bruchstein war nicht selten hier in der Gegend, es gab einige dieser alten Steinhäuser. Scheunen meistens. Haben die vor hundert Jahren mit angefangen, ausschließlich Steine zu verwenden. Fachwerk war aus der Mode, alles sollte nach Stadt aussehen. Bei unserem Haus hatte die neue Mode nur bis zum Sockel gereicht. Oben war alles wie gehabt. Dunkel, eng, miefig. War vermutlich das letzte Fachwerkhaus, das hier in der Gegend gebaut worden war. Wie meine Eltern das schön finden konnten, war mir ein Rätsel. Ich hasste Fachwerk. Arnulfs Eltern hatten in der Richtung auch einen an der Waffel, aber die hatten wenigstens eine große alte Wassermühle mit riesigen Sälen von Zimmern, sodass mein Vater immer sagte, die bräuchten Megaphone, wenn die sich unterhalten wollten, oder Walkie-Talkies oder Haustelefon von Stuhl zu Stuhl.

Knapp zwei Meter vor unserem Haus verlief parallel zur Vorderseite eine Bruchsteinmauer, die in den hier ziemlich steilen Hang gebaut war. Sie verhinderte, dass der terrassenartige Platz zwischen Mauer und Haus abrutschen konnte. Das war unser Hof, oder besser Vorplatz, für Hof war er viel zu klein. Meine Eltern waren sauer darüber, dass der Weg, über den man hoch in den Wald und zu einigen der Hanggärten gelangte, direkt über diesen Vorplatz führte und dass sie aufgrund irgendwelcher alten Wegerechtgesetze da nicht einfach ein Tor davor setzen durften. Sie parkten ihr Auto auf dem Vorplatz, und zwar so leicht schräg, dass niemand mehr dran vorbeikam. Fräulein Wehmeier ist mal über die Kühlerhaube rübergestiegen, als sie aus ihrem Hanggarten kam. Hat die Hälfte ihrer Kartoffeln dabei verloren, und unsere Antenne war auch ab. Mit dem Auto konnten meine Eltern sich allerdings bloß die Ortsunkundigen vom Leib halten. Wenn sonntags die Spaziergänger aus der neuen Siedlung vorbeigingen, übers Auto kletterten oder drunter durchrobbten oder am Hang entlangkraxelten, Guten Morgen ins Fenster reinsagten und, wie ihre freundlich fordernden Blicke erkennen ließen, auch noch damit rechneten, dass man ihren Gruß erwiderte, dann wurde es meinen Eltern zu viel. Meine Mutter sagte mal zu einem: »Schnauze.«

Mein Vater sagte immer das Gleiche: »Kann mich nicht daran erinnern, dass wir zusammen Kühe gehütet hätten, gehen Sie weiter.«

Die Korfs hatten ein ähnliches Problem unten am Fluss, aber die waren eine Spur härter drauf als meine Eltern. Die hatten den Weg am Wasser entlang, der über ihr Grundstück führte, einfach mit zwei eins achtzig hohen Toren versehen, die so sehr quietschten, dass es einem unangenehm war, sie aufzumachen. Da ging man dann lieber gleich den Umweg über die Straße, und als die erste Aufregung über die Durchgangsbehinderung verebbt war, haben sie einfach auch noch Schlösser drangebaut, sodass man drüberklettern musste und sich wie ein Idiot vorkam. Im Sommer saßen Korfs manchmal spärlich mit Shorts bekleidet im Garten, Urlaub spielend, da drehte man sowieso lieber wieder um. Der Korf mit seiner Wampe, flusig behaart. Das wollte sich keiner ansehen. Außerdem: Geh mal bei einem übers Grundstück und ignorier den.

Jedenfalls, Arnulf und ich guckten Fernsehen. Plötzlich ein Grummeln, dann ein Beben, und dann *DONG*. Fernsehen aus, die Wand wackelte, Anstrich bröckelte stückchenweise von der Decke, im Schrank schepperten Gläser und Geschirr, und die alte Standuhr, dieses scheiß antike Erbstück von meinen Großeltern, fiel einfach um, krachte mitten in die Küche, haarscharf an meiner Mutter vorbei, die im Korbstuhl saß und strickte. Dass die Wanduhr umgefallen war, geschah der ganz recht. Ich hasste sie. Auf das Ding war ich bis vor zwei Jahren immer draufgesetzt worden, wenn meine Eltern die Einzigartigkeit meines Wesens nicht akzeptieren wollten.

»Nöckelt unser kleiner Dickkopf wieder«, sagte mein Vater dann, packte mich und paff, saß ich oben auf der scheiß Uhr, Gesicht zur Wand, natürlich voller Angst, dass ich da jeden Moment runterstürzte. Die Uhr war oben rund.

»Die ist hin«, sagte Arnulf.

»Super«, sagte ich.

»Die Uhr«, sagte meine Mutter.

Wir rannten raus, Arnulf als Erster.

»Geil, Krieg«, krakeelte er. Er hatte Recht, zwischen unserem Haus und der Mauer war ein englischer Panzerspähwagen eingeklemmt, der weder vor- noch zurückkonnte. Ich imitierte ein Attacke-Trompetensignal der U.S.-Kavallerie.

»Shoot the house«, rief ich dem Soldaten oben auf dem Panzer zu, »shoot the house!«

Hinter dem Panzer stand eine ganze Reihe weiterer. Sie waren alle den schmalen Waldweg runtergekommen. Ein Hohlweg. Wir nannten ihn Borgopass. Ein paar Engländer fuchtelten mit Karten rum und hatten Gesichtsausdrükke wie Die-da-oben-verstehen-nichts-vom-Krieg-und-wirmüssen-es-auslöffeln. Der Hohlweg war als Straße eingezeichnet.

»In einem richtigen Krieg wärt ihr alle längst tot«, amüsierte sich Arnulf und lachte künstlich, »Idioten ihr – schlechte Karten, und nach dem Weg fragen könnt ihr auch nicht –, ihr könnt nämlich kein Deutsch, und wir können kaum Englisch.«

Nochmal Attacketrompete und Grimassenschneiden vor dem Panzer.

Der Soldat, der die Karte in der Hand hielt, blickte auf. Ohne eine Miene zu verziehen, öffnete er die Schnalle des Holsters, der unter seinem linken Arm hing, zog eine Pistole raus, spannte den Hahn, zielte auf Arnulf und sagte: »Halt's Maul, oder ich erschieße dich, Pissnelke.« Die anderen Soldaten lachten. Ich lachte auch. Arnulf von einem Engländer erschossen. Super!

Die Zeiten, in denen man sich darüber freute, in der Nachbarschaft auf andere Anwohner zu treffen, waren längst vorbei. Auch kurze Strecken fuhr man mit dem Auto. Da brauchte man nur die Hand zum Gruß zu heben oder leicht zu nicken, wenn zufällig einer an der Straße stand. Die vierzehntägigen Garagenfeste, immer mal in der einen, mal in der anderen Garage, fanden höchstens noch einmal im Jahr statt, und maximal die Hälfte der Anwohner ging hin. Und dass die Leute vom Hang abends auf der Straße standen, Bier tranken und Tageserlebnisse austauschten, gehörte auch der Vergangenheit an. Man hatte jetzt Sichtschutze aus Holz oder Hecke, allerdings mit Guckloch, und wenn dann was passierte, ein Autounfall oder eben das hier mit dem Panzer, dann kam man ausnahmsweise raus, gucken.

Es dauerte also nicht lange, und die ersten Nachbarn hatten sich versammelt. Sie standen vorm Panzer und grinsten. Teutschmann hatte Bier mitgebracht.

»Das wird dauern«, sagte er, öffnete ein paar Pullen und reichte sie rum. Einige der Soldaten gruben Löcher in unseren Garten und hockten sich hinein. Andere machten ihre Oberkörper frei und versuchten, den Panzer freizuhacken. Ihr Plan war, die Mauer abzureißen. Immer wenn der Panzer zu fahren versuchte, drehten die Räder durch und schleuderten im Vorwärtsgang Erde nach hinten, im Rückwärtsgang Erde nach vorn. Blumenbeete, der weiße Kiesweg, Teile der Fassade, alles voll Erde. Die Briten passten die Umgebung ihrer Tarnung an.

»Mit Verbundsteinpflaster hättet ihr das Problem jetzt nicht«, sagte Teutschmann.

»So weit kommt's noch, dass wir der Öffentlichkeit den Weg pflastern«, meckerte meine Mutter.

Die Mauer war ziemlich breit, damit sie von den Erdmassen nicht einfach weggedrückt werden konnte.

»Am Ende stürzt der ganze Hof in die Tiefe«, sagte Willi Kotzolt, lachte, bis er husten musste, und rotzte den Schleim respektvoll hinter sich. »Und dann fällt's Haus auch gleich hinterher.«

Alle lachten. Ich auch. Meine Mutter nicht.

»Bringt bestimmt tausend Mark aus der Manöverschadenkasse«, frotzelte Teutschmann.

Die Panzer am Ende der Kolonne versuchten, rückwärts den Hohlweg raufzufahren, der auf der Bergseite durch eine steil ansteigende Böschung mit Hecke und auf der Talseite durch einen Zaun, hinter dem es steil abfiel, begrenzt war, wobei die Hecke wie ein Dach über den Weg gewachsen war, dass man sich wie in einem Tunnel vorkam.

»Wenn einer von denen durch den Zaun bricht, überschlägt der sich, kommt über Kopps«, sagte irgendwer.

»Ja, und dann liegt er unten im Fluss, haha, da könnte er dann Bisamratten schießen, wenn wir das nicht schon alles selbst besorgt hätten.«

Bierflaschen knallten zusammen. »Prost, prost Kameraden« ertönte.

Dann brach wirklich einer der Panzer durch den Zaun. Er fuhr den steilen Abhang gerade runter und stand schließlich auf Richerts Terrasse. Da stand er allerdings schlecht. Auf der anderen Seite des Tals fuhren nämlich LKWs der Gegner. Blaue. Die, die sich hier festgefahren hatten, waren die Roten.

So ein Panzer auf einer Terrasse fiel auf. Die Blauen machten Halt, Soldaten sprangen von den LKWs. Die Roten gingen in Deckung, brüllten durcheinander und machten ihre Knarren klar.

»Jetzt aber los«, feixte Teutschmann, »tacka-tackabum.«

Ziemlich gleichzeitig fingen alle an, wie wild rumzuballern. Der Panzer auf Richerts Terrasse auch. Die Blauen benutzten eine Panzerfaust, die ziemlichen Qualm machte, überhaupt war überall gelber, blauer und roter Qualm. Ganz schön bunt ... Krieg.

Der zwischen Haus und Mauer eingeklemmte Panzer fing auch an rumzuschießen. Meine Mutter hielt sich die Ohren zu, und als, offenbar von der Erschütterung, zweimal Fachwerk zwischen den Balken herausbrach und auf den Panzer fiel, hielt sie sich die Augen zu. Ich schaffte es nicht, ein »Yippiejey« zu unterdrücken. Meine Mutter ging ins Haus und blickte abwechselnd aus den beiden neuen Schlafzimmerfenstern. Sie sah den Soldaten, der oben aus dem Turm des eingeklemmten Panzers rausragte, streng an, worauf der abtauchte wie ein Hund, der heimlich ein Kotelett vom Teller geklaut hatte.

»Hoho«, lachte Herr Kotzolt.

»Guck hier nicht rein, ja«, schnauzte meine Mutter ihn an.

Unterhalb von Richerts Terrasse trafen Rote und Blaue

aufeinander und unterhielten sich. Dann stiegen die Blauen wieder auf ihre LKWs und fuhren weiter.

»Die hier ham verloren«, sagte Teutschmann.

Der, der Arnulf erschießen wollte, kommandierte zwei rum, worauf die unsere beschädigte Hauswand mit dunkelgrüner, außen mit Tarnnetz versehener Plane zunagelten. Mir gefiel das ziemlich gut.

Drüben, neben der Fliederhecke, stand auf einem Sockel aus Sandsteinen unser alter Opel Rekord Kombi. Ein paar Engländer waren da draufgestiegen, um besser schießen zu können. Jetzt rauchten sie.

»Ja, ja, die Zijarette nach dem Jefecht«, sagte Teutschmann. Wer weiß, an was für Scharmützel er sich dabei erinnerte.

Unser alter Opel Rekord stand als Symbol für *Glück im Unglück*, aber auch zum Ausschlachten des Motorraums auf dem Sockel. Wir fuhren ein baugleiches Auto. Mein Vater wollte das so. Er hatte quasi eine kleine Gedenkstätte aus dem alten Auto gemacht. Ein Blumenbeet war drumherum angelegt, obwohl, das war meine Mutter gewesen. Keine Ahnung, ob aus freien Stücken oder im Auftrag. Der Opel war hinten vollkommen platt.

Es war ein Samstag gewesen, als das passierte. Wir hörten Radio. WDR.

»Kann ich runter?«, fragte ich.

»Nein!«, sagte meine Mutter.

Ich hatte bereits gebadet, hatte wegen irgendwas Fernsehverbot und saß oben auf der Standuhr. Netterweise Gesicht zur Küche. Meine Mutter häkelte Topflappen und wartete auf meinen Vater, der auf irgendeiner Baustelle in der nächsten Stadt Schwarzarbeit machte, zusammen mit Edmund Freising, der das Schlachten ganz aufgegeben hatte. Schlachter konnten meistens auch mauern. Schlachten im

Winter, mauern im Sommer. Im Radio kamen zwischen den Musikstücken Nebelwarnungen und Hinweise auf starke Manövertätigkeit. Als der Topflappen fertig war, stand meine Mutter auf, schaute aus dem Fenster in die Dunkelheit, fixierte ein paar Lichter, verursacht durch noch nicht heruntergelassene Jalousien bei Korfs und Kotzolts. Sie drehte sich um, stellte die Trittleiter wieder an die Uhr und ließ mich runtersteigen. Meine Mutter war unter eins sechzig, weswegen sie mich weder draufsetzen noch runterheben konnte. Das ging alles nur mit der Trittleiter.

»Muss was passiert sein«, sagte sie. Dann setzte sie sich wieder hin und häkelte noch einen Topflappen. Einen Topflappen in den Farben Schwarz, Weiß, Grün. Die Überreste von der Gladbachmütze, die ich für den Winter bekommen hatte. Sie setzte noch ein Blau dran, weil die Wolle nicht reichte. Ich fand die Farbkombination misslungen.

»Machen kann ich ja auch nichts«, sagte meine Mutter, »warte ich eben.«

Eine Serie aus acht weiteren Topflappen entstand. Einer geschmackloser als der andere. Da hätte ich mir lieber die Finger verbrannt, als die zu benutzen.

Mein Vater kam an dem Abend ziemlich spät. Ich war schon lange im Bett.

»Ach du meine Güte!«, hörte ich meine Mutter plötzlich erschrocken aufschreien. Ich war hellwach. »Ach du meine Güte«, sagte sie nochmal, aber da konnte man schon deutlich ein Da-haben-wir-aber-noch-mal-Glück-gehabt in ihrem Ach-du-meine-Güte mitklingen hören. Ich schlief direkt wieder ein.

Am darauf folgenden Montag kam ein britischer Militärlastwagen mit Kran und lud den Opel Rekord meines Vaters ab.

»Tut uns Leid«, sagte der Soldat, der den Kran bediente.

»So, so«, sagte mein Vater.

Der, der die Eisenkette von unserem Auto losmachte, schwieg. Der Kranführer tippte mit zwei Fingern an seine Stirn. Mein Vater nickte kaum merklich mit dem Kopf. Dann stiegen beide Soldaten in den LKW ein und fuhren wieder. Sofort waren Nachbarn zur Stelle, staunten, und manche lachten schadenfroh.

»Ich habe die kommen hören«, erzählte mein Vater mit bedeutungsvollem Tonfall. »Alles bebte, und ich sag zu Edmund: ›Lass uns lieber in den Graben fahren, hinterher sehen die uns nicht und fahren auf, lass uns die lieber vorbeifahren lassen.‹ Man konnte das spüren, dass das richtig dicke Öschis waren, nicht die kleinen, die hier sonst immer rumkurven.«

»Mann, Mann, Mann«, zischelte Teutschman und steckte seinen Kopf in das Autowrack.

»Im Grunde habe ich nur den orangen Schein gesehen, von dem Blinklicht. ›Ducken‹, schrei ich, ›bloß ducken‹, und in dem Moment dreht Edmund sich um, greift auf die Rückbank, um noch seine Thermoskanne wegzunehmen, und da macht's aber auch schon *QUACK*.«

Alle standen schweigend um das Wrack und schauten zu Boden. Ein Sperling landete im Staub und pickte ein Korn auf.

»Und – schon was gehört?«

»Na, arbeiten kann der nicht mehr«, sagte mein Vater.

Einzig das Gluckern der Biere war zu hören.

»Manche trifft's immer, andere nie«, sagte Teutschmann, »den Kopf angeknabbert von 'nem Schwein, und jetzt der Arm auch noch ab.«

Der Sperling flog ins Auto und setzte sich aufs Lenkrad, bewegte den Kopf, dann flog er wieder weg.

»Der Panzer ist nicht mal schnell gefahren. Hat uns aber erst bemerkt, als er schon die Hälfte vom Wagen platt hatte. Die hören ja gar nichts, die Fahrer, und dann der Nebel. Der hatte Überbreite, der konnte gar nicht anders, als zum Teil im Straßengraben ...«

Ab hinter den Vordersitzen war das Auto Matsche.

Etwa um ein Uhr nachts waren die Tommies so weit, dass die Panzer passieren konnten. Ich hörte die Motoren. Mein Zimmer bewegte sich. Als ich morgens aus der Haustür trat, war die Mauer bis auf Vorhofniveau niedergehackt und zu Geröll verarbeitet, die Panzer waren alle fort, aber unterhalb der Gedenkstätte, im Blumenbeet, kauerten noch zwei Soldaten in ihren Löchern. Der eine schlief, der andere rauchte. Als er mich sah, wandte er sich mir zu und sagte: »Morning.«

»Morning«, sagte ich auch.

Er grinste, und seine Zähne wirkten weiß, weil sein Gesicht schwarz angemalt war. Ich dachte, bist du mal nett, fragst ihn, wie die Nacht war, oder wie es so geht oder so, aber mir fiel kein richtiger Satz auf Englisch ein. »How goes it« war mit Sicherheit falsch, auch wenn mir das seit geraumer Zeit auf der Zunge lag. Versuche es mit nur einem Wort, dachte ich, ganz reduziert, dafür deutlich mit fragendem Tonfall: »Good?«

Der Engländer sog an seiner kleinen, dreckigen Zigarette und antwortete: »Good!« Er rauchte, ich guckte so rum. Ich guckte, was sie liegen lassen würden. Arnulf hatte schon mal einen kompletten Patronengurt gefunden. Leider keinen echten, dunkelgrüne Übungsmunition aus Kunststoff.

Irgendwie kam kein Gespräch in Gang. Was daran wohl gut ist, dachte ich. Matsche im Gesicht, und im Erdloch sitzen, im Herbst.

»Very good?«, fragte ich.

»Very good«, grinste der Tommy.

Ich dachte, geh mal wieder rein, da sagte er: »Du hierkommen«, und winkte mich zu sich. Meine Güte, sprach der Scheiße Deutsch.

»I'm Jim.« Der Tommy streckte mir die Hand aus dem Loch hoch.

Ich kniete mich hin, reichte ihm meine. »I'm Achim.«

Er sprach es nach und grinste, weil es völlig anders klang. »Cookie?«, fragte er dann.

»Yes«, antwortete ich, und dachte, der will dir was zeigen. Er zog aber einen dunkelbraunen, in Zellophan eingeschweißten Keks aus seiner Tasche. Ich war mir nicht sicher, ob ich ihn bloß angucken oder nehmen und angucken oder nehmen und essen sollte. Er hielt mir den Keks unter die Nase, also nahm ich ihn, öffnete die Verpackung, schob ihn raus und biss rein. Er schmeckte mittel.

»Would you do me a favour, boy?«

Ich hatte keine Ahnung, was er von mir wollte, sagte aus Höflichkeit aber »ja« und zuckte mit den Schultern. Er zog einen Brief aus seiner Jacke. »Post office«, sprach er langsam.

Das verstand ich. Ich nickte und nahm den Brief. »No mark!«, bemerkte ich, obwohl ich genau wusste, dass Briefmarke »stamp« hieß. Der Soldat griff in seine Hosentasche und zog einen Plastikbeutel mit Markstücken raus. Er gab mir zwei und schaut mich fragend an, so, als ob er wissen wollte, wie viel ich bräuchte für die Briefmarke. Ich schaute ahnungslos. Er gab mir noch eine dritte Mark. Ich richtete mich auf, machte einen militärischen Gruß und sagte im Gehen mit englischem Akzent: »Ortsmitte, Post.« Ich las den Absender und sprach: »J. M-c-K-E-W-A-N.«

Der Brief war an eine Frau adressiert. Eleanor Jobson, 487 Argyle Street, Glasgow G3 8TE, Scotland. Ein Brief an eine Frau in Schottland. Alles in großen Druckbuchstaben geschrieben. Als ich genauer hinsah, fiel mir auf, dass Jim in das O von Eleanor ein kleines Herz reingezeichnet hatte. Liebesbrief, dachte ich und hatte nur einen Gedanken: schnell zu Arnulf und lesen.

Arnulf stand im Garten und sprengte kleine Panzer mit aufgesparten Silvesterknallern. Er war der Einzige, den ich kannte, der es schaffte, das ganze Jahr über Knaller zu haben.

»Hey, Arnulf, schau mal, ein Brief von einem Soldaten. Soll ich zur Post bringen.« Ich wedelte damit herum. »Ein Liebesbrief wahrscheinlich.«

»Ach du Scheiße, etwa von dem, der mich erschießen wollte?«

Ein Spielzeugpanzer explodierte.

»Nein, der ist heute Nacht fort.«

»Na, den lesen wir trotzdem erst mal, wer weiß, vielleicht ist das ja was für den Geheimdienst.«

»Aber wir müssen den auf jeden Fall hinterher abschicken, die wissen schließlich, wo ich wohne.«

»Aber nur, wenn er unbedenklich ist«, sagte Arnulf, »ansonsten Verteidigungsministerium. Da darf man kein Feigling sein.«

»Du hast schlau reden.«

»Wen wollten sie denn gestern erschießen, he?!«

Wir öffneten das Kuvert ganz vorsichtig über Wasserdampf. Der Inhalt erschloss sich uns nicht so richtig. Auf jeden Fall kamen Wörter wie *shooting* und *shit* vor, und das Letzte, was unten rechts in die Ecke gequetscht stand, war *killer instinct*.

»Diana«, sagte Arnulf. »Die muss uns das übersetzen!«

Drei Schachteln Toffifee und eine große Flasche 4711 kostete uns der Spaß, und Diana motzte auch noch rum: »Wenn ich Parfüm sage, meine ich Parfüm, und nicht Kölnischwasser, ihr Gipsköpfe. Kölnischwasser eignet sich maximal zum Mückenstiche-Abtupfen. Merkt euch das fürs nächste Mal, verstanden?!«

»Okay!«

Sie reichte uns die Übersetzung. Ich las laut:

Meine geliebte Eleanor!

Während ich diese Zeilen schreibe, sitze ich in einem Erdloch, in einem verfickten Nest, irgendwo in der Mitte von Nirgendwo. Ein Junge sagte, Lippe hieße das hier. Scheiße, die sagen dir einfach nie, wo sie dich hinschicken. Du landest irgendwo, rennst durch die Gegend, gräbst ein Loch, setzt dich rein, schießt in die Luft, wartest, wirst wieder abgeholt und dann heißt es: Manöver war erfolgreich, Sergeant.

Well, du kannst dir wohl schon denken, dass ich nicht schreibe, um dir all diesen Scheiß zu erzählen. Um es kurz zu machen, Frank hat's mir gesagt. Ich hab ihn deswegen niedergeschlagen. Ich hoffe, er wird mir nicht böse sein, aber das ist der Weg, den es geht, Überbringer schlechter Neuigkeiten, weißt du. Er liegt ein Loch weiter.

Du willst mich also nicht mehr, willst mich verlassen, liebst mich nicht mehr, und unsere Tochter willst du auch mitnehmen. Kannst du dir vorstellen, wie sich das anfühlt, so was in einem scheiß Erdloch in scheiß Deutschland zu erfahren? Darf man dich denn nicht allein lassen? Die Kameraden sagen alle, Frauen darf man nicht allein lassen, die sagen, 'ne läufige Hündin ist im Vergleich zu einer Frau 'ne Nonne. Ich dachte, das mit dem Kind würde was bringen, und du wärst dann nicht mehr so allein und vor allem auch sinnvoll mit etwas beschäftigt.

Wir hätten doch heiraten sollen. Ich hab es ja gleich gesagt. Jetzt stecken wir in der Scheiße. Du hättest zu mir nach Deutschland ziehen können, in eine von den Armeewohnungen. Die sind allemal besser als das Loch in Glasgow. Aber nein, die Freundinnen. Deine scheiß Freundinnen. Haben die dir das etwa eingeredet?! Als ob es hier keine Frauen gäbe, mit denen du dich anfreunden könntest. Muss ja keine Deutsche sein.

Angeblich gibt es bei dir noch keinen anderen. Immerhin etwas, aber weißt du was, das glaube ich nicht! Du machst keinen Narren aus mir. Ich kenne dich. Warte, ich komme nach Glasgow, sobald ich kann, und glaube mir, ist mir scheißegal, ich blas den weg. Wenn er sich als Rangers-Fan herausstellt, leere ich das ganze Magazin. Ist mir scheißegal, ich erschieß den und dich auch, ja, dich erschieß ich auch, du Nutte. Ich lasse nur unsere Tochter leben. Möglicherweise vielleicht. Baby, bitte – zwing mich nicht, wild zu rennen. Ich liebe dich. Komm zurück zu mir, oder du wirst in den Staub beißen. Dein liebender Jim, und dass meine Liebe nicht in Hass umgedreht wird, du Hure.

P.S: I love you.

P.P.S: Du weißt, dass ich den Killerinstinkt habe.

»Was glaubst du, bekommt man mit so einem Brief eine Frau zurück?«

Arnulf zog seine Schultern hoch. »Keine Ahnung, ich interessiere mich nicht für Mädchen, Mädchen sind nicht normal.«

»Wir sollten den Brief auf jeden Fall einwerfen, damit die gewarnt ist und sich verdrücken kann.«

Ich steckte den Brief zurück in das Kuvert, die Übersetzung steckte ich in meine Hosentasche.

»Weißt du, was ich mich frage, Achim, ich frage mich, wie der das eigentlich schaffen will, eine automatische Waffe aus der Kaserne rauszukriegen, da gibt's ziemliche Sicherheitsvorschriften.«

»Wenn er das Kind erschießt, fänd ich das falsch.«

»Vielleicht ist es ja eine verschlüsselte Nachricht.«

Wir klebten das Kuvert mit Prittstift zu und schickten den Brief ab.

Ich notierte mir Jims Adresse für den Fall, dass ich mit einer Frau mal in eine ähnliche Situation käme. Dann würde ich ihn fragen, wie es bei ihm gelaufen ist, mit Eleanor und dem Schießen und so ...

»Wenn du schon über Mittag wegbleibst, dann sag wenigstens Bescheid«, schnauzte meine Mutter, als ich nachmittags zurückkam.

»Er hat bei uns was gegessen«, sagte Arnulf, »wir haben Englisch gemacht.«

»Es geht nicht ums Essen«, sagte meine Mutter, »es geht ums Bescheidsagen.«

Jim lag jetzt schlafend in seinem Loch, und der andere Soldat rauchte. Meine Mutter war damit beschäftigt, die Mauerreste auf unserem Vorhof zu einem Haufen zusammenzuschippen. Der andere Soldat, Frank, sah verdammt schlecht gelaunt aus. Als ich mich näherte, fauchte er: »Piss off, bloody bugger!«

Scheißsoldat, dachte ich, und wieso er mich Bagger nannte, verstand ich auch nicht. Dem hatte Jim ja wohl zu Recht eine aufs Maul gehauen.

Später kam ein Jeep, um Jim und das Arschloch abzuholen. Jim war so müde, dass sie ihn tragen mussten. Ihre Löcher schippten sie natürlich auch nicht wieder zu. Immerhin, wir hatten das große Tarnnetz am Haus. Das war was.

Arnulf und ich sammelten zurückgelassene Patronenhülsen und einen Gürtel ein. In Jims Loch lag ein Finger.

»Geil, den konserviere ich«, sagte Arnulf.

Irgendwann später machte er einen Anhänger draus, den er an einer Lederstrippe um den Hals trug. Um Leute anzuekeln, erzählte er, dass er den Finger im Backofen getrocknet hätte. Er war schwarz, verschrumpelt und hochglänzend.

»Kunstharzlack, fünfmal getaucht«, sagte Arnulf.

Ingo Korf:

Biologie

Ich stand im Wald. Blättersammlung. Man unterscheidet einfache und zusammengesetzte Blätter. Ein Grünspecht lärmte rum.

»Hör auf zu hacken«, sagte ich, »bringt doch auch nichts!«

Er tat mir den Gefallen. Einen Moment lang war Ruhe, dann war er wieder dabei. *Tack-tack-tack.* In meiner Umhängetasche waren Zigaretten drin, aber ich paffte nur. Mein Vater rauchte richtig. Lux. Holger meinte, monatlich eine Zigarette auf Lunge sei schädlicher als jedes Wochenende besoffen. Eine Kamera hatte ich auch dabei. Meine Patentante hatte sie mir vor Jahren zur Kommunion geschenkt. Ein Idiotendrücker von Brilliant. Sie sagte, jeder könne damit schöne Bilder hinkriegen, sogar ich. Sie traute mir nichts zu. Ich knipste rum, Wald und so. Na ja, wusste auch nicht so recht. Hinterher guckte ich mir die Fotos an und klebte sie in ein Album. Vielleicht sollte ich später mal Fotograf werden, fotografieren und dafür Geld nehmen. Frauen und Tiere würde ich fotografieren. Und Landschaften.

»Los, Grünspecht, zeig dich, ich will dich knipsen, vielleicht mache ich dich sogar berühmt.«

Hatte mir ein paar Ranken San-Francisco-mäßig um den Kopf gebunden. Lärchen. Die konnte man so leicht vom Holz runterziehen, Blätter und Rinde komplett. Die Sonne schien. Rechts war Mischwald. Buchen und Kiefern, zwischendrin kleine Eichen. Ich stieg in das fast kniehohe Dornengestrüpp, das den Waldboden bewucherte, und suchte mir eine Eiche aus, bei der die Blätter nicht so angefressen aussahen, pflückte ein paar ab und verstaute sie in meiner Umhängetasche. Ich schlug mein Biologieheft auf und machte einen Haken bei »leierförmig gelappt«. Was für eine bescheuerte Beschäftigung. Warum man Eichenblätter wohl als leierförmig gelappt bezeichnete? Ich beschloss, wenn es mir irgendwann in meinem Leben mal weiterhelfen würde, zu wissen, dass Eichenblätter leierförmig gelappt sind, Pöppen ein Geschenk zu schikken. Pöppen war unser Biologielehrer. Ich baute mir eine Eselsbrücke: *Eichen – alt – alte Leier – leierförmig gelappt.* Na, wenn ich die mal nicht wieder vergessen würde. Links vom Weg stand eine Reihe reichlich abgewrackter Eichen, die angeblich tausend Jahre alt waren. Noch waren die Waldrand, aber sie würden bald abgesägt werden. Waren schon gelbe Markierungen draufgemalt. Hinter den Eichen Wiesen, Felder, das Tal mit der Bundesstraße, dann ging es wieder bergauf, Felder, Wiesen, Wald, allerdings reiner Laubwald, auf der anderen Seite des Tales. Buchen. Links lag der Ort. Die beiden blauen Getreidesilos von Halbbauer ragten raus wie zwei Deodosen aus einem Haufen von Legosteinen. Die sollten weg, weil sie viel zu groß waren, und mein Vater sagte, die Bank sei schuld, dass die da ständen und den Ortskern verschandelten. Die Bank hätte den Kredit gegeben, obwohl jeder wusste, dass der Halbbauer nicht gut im Wirtschaften war, die hätten das nur getan, um ihm, wenn er Bankrott gehen würde, Land und Hof abluchsen zu können. Die von der Bank wären sowieso alle Verbrecher.

Hinten war die schmale Straße über den Kirchberg. Für LKWs gesperrt. Da hinten war auch der Sportplatz. Ein metallisches Klopfen war bis hierher zu hören. Sie waren dabei, neue Flutlichtmasten aufzustellen. Zwei standen schon. Rings um den Sportplatz standen Pyramidenpappeln. Pyramidenpappeln sehen überhaupt nicht aus wie

Pyramiden. Sie sind lang und dünn und halten leider nicht die Sonne ab. Totale Fehlbepflanzung für eine Sportanlage. Die vom Sportverein waren eh alle Idioten. Blatt rautenförmig. Hatte ich auch schon!

Tack-tack-tack. Da war ja wieder der Grünspecht. Er hackte in eine der markierten Eichen rein.

»An deiner Stelle würde ich da nicht bauen, die werden nämlich bald gefällt!«

Der Specht guckte mich an, als wollte er sagen, ich baue hier nicht, ich fresse, du Idiot! Wenn ich nur wüsste, an wen der mich erinnerte. Ich zog meinen Idiotendrücker. Der Auslöser machte ein Geräusch, wie wenn was umfällt. *Glück-glück-glück*, trällerte der Vogel und zwitscherte ab. Ich atmete tief durch. Deswegen war ich ja unter anderem auch hier: atmen, tief durchatmen. Ich atmete und zählte beim Ausatmen. Bei zwanzig hörte ich damit auf.

Mein Vater sagte immer: »Wenn du einmal in Berlin gewesen bist, dann weißt du, wie schön es hier bei uns ist. Alle Berliner sind besoffen und haben ein großes Maul, Bäume gibt es nicht, und die Fußwege kann man vor Hundescheiße nicht mal sehen, und wenn einer reich werden will, dann braucht er bloß Stelzen verkaufen.«

Einmal hab ich gesagt: »Aber im Fernsehen ...«, da meinte er: »Alles Studio! Hier ist es am schönsten, und am zweitschönsten ist es im Schwarzwald.«

In den Schwarzwald fuhren wir jedes Jahr in Urlaub. Seit ich sechs war. Schwarzwaldurlaub ging folgendermaßen: nachts um zwölf oder eins ins Auto gestiegen, losgefahren, eingeschlafen. Am anderen Morgen so um acht angekommen. Augen auf: Hochschwarzwald. Tannen. Wir fuhren jedes Jahr in dieselbe Pension, die so abgelegen war, dass man mit dem Auto kaum hinkam, weil das letzte

Stück Weg nur noch Schotterpiste war. An zwei Stellen setzte der Wagen immer auf. Deswegen fuhren wir da auch den ganzen Urlaub über nicht mehr weg. Zwei Wochen auf der Veranda sitzen und ausruhen.

»Ich habe Urlaub«, sagte mein Vater jedes Mal, »ich rühr hier keinen Finger.«

»Ich habe auch Urlaub«, sagte dann meine Mutter und lief im bunten Kleid und mit hochhackigen Sandalen mit mir durch die Tannenwälder rings um die Pension und ärgerte sich, dass alles so bergig war und dass es keine vernünftigen Fußwege gab wie hier bei uns.

Ich schaute in mein Biologieheft. Nierenförmig, spießförmig, sichelförmig, schildförmig auch noch. Eigentlich fehlte mir fast alles. Ich rupfte ein paar Hände voll gemischter Unkräuter vom Boden und stopfte sie in meine Tasche. Würde ich später zuordnen. Eichen und Buchen nützten mir nichts mehr. Pöppen sagte mal, dass wir echt armselig wenig verschiedene Blattformen hätten im Vergleich zu China. Das hätte ihm ein chinesischer Kollege erzählt, der ihn mal besucht habe. Scheißüberheblicher Chinese, was fiel dem überhaupt ein? Kam zu Besuch und hatte nichts Besseres zu tun, als sich über nicht vorhandene Blättervielfalt zu beschweren. Die chinesischen Schüler waren ja wirklich zu bedauern. Wenn die Blätter suchen mussten, waren sie sicher Monate unterwegs. Blättersuche im Schwarzwald, das wäre was, da gab es doch höchstens zwei Sorten. Zwei Sorten Tannennadeln. Eins war jedenfalls sicher, ich hatte das Monopol für fächerförmig. Als Pöppen das sagte, fächerförmig, und dabei so grinste, als wollte er uns alle für blöd verkaufen, da wusste ich gleich Bescheid. Hatte ich längst in seinem Garten gesehen, diesen Strauch. Hatte der Chinese vermutlich als Gastgeschenk mitgebracht. Inko, oder wie der hieß, dieser

Scheißbaum, jedenfalls so ähnlich wie ich. Waren eigentlich nur drei oder vier Zweige gewesen. Hatte ich in fünf Minuten komplett abgeerntet.

Dr. Kobra hatte mir eine Stunde Waldspaziergang täglich verordnet, damit meine Lungen und meine Bronchien sich wieder regenerieren konnten. Die waren lädiert von dem Maulwurfgift, das ich eingeatmet hatte. Alle zwei Wochen musste ich zusätzlich nach Bad Salzuflen ins Freiluftinhalatorium im Kurpark, mich vor diese riesige Dornenhecke setzen, wo's Salzwasser dran runterlief, und tief durchatmen. Da saßen immer nur Halbtote, die die ganze Zeit Schleim aushusteten, und damit man ihnen das nicht vorwerfen konnte, guckten sie leidend. Manchmal, wenn keiner da war, paffte ich einfach eine. Wald war schon schöner, war halt ruhig, und wenn ein Tier vorbeiging, schaute man hin. Na ja, die husteten wenigstens keinen Schleim aus. Wenn man so rumging, musste man irgendwas denken, damit einem nicht langweilig wurde. Ich dachte zum Beispiel schon die ganze Zeit »Knollenblätterpilz«. Hatte gelesen, wer einen isst, stirbt mit fünfundneunzigprozentiger Sicherheit. Die Frage war nur, wie ich Schillerlocke dazu bekam, einen zu essen.

Vor mir erstreckte sich eine Wiese von Bauer Halbbauer. Wiese deshalb, weil hier nichts wuchs. Der Wald warf den ganzen Tag einen Schatten. Lohnte nicht, da was anzupflanzen. Wäre nur mickriges Zeug bei rausgekommen. Ginge es nach Halbbauer, wäre hier längst alles abgeholzt, aber als er das veranlassen wollte, hatte sich sofort eine Bürgerinitiative gebildet. Schöne Wiese eigentlich. Ich könnte mich mal wälzen. Anlauf genommen und los. Ich wälzte mich mindestens zwanzig Meter weit. Hatte irgendwo gehört, dass das was bringen soll, von wegen Verbundenheit und so. Als ich vom Gras schon langsam Juckreiz kriegte, rannte ich zur erstbesten Kiefer und umarmte sie. Kiefern konnte man gut umarmen, die waren dünn. Hatte gehört, das bringt einem auch was. Aber mal ganz ehrlich, ich merkte nichts. Ich merkte nur, dass die Rinde rau war und nach Moder roch. Die Kiefer stand ein bisschen abseits, so als hätte man sie aus dem Wald rausgeschmissen. Vermutlich hatte sie Umarmung nötiger als ich. War zwar schön, hier draußen im Wald, aber – es brachte nichts.

Ich kaute 'nen Grashalm. Brachte auch nichts. Tarzanschrei vielleicht? Nee, die Zeiten waren vorbei. Warum hieß Löwenzahn eigentlich Butterblume? Ich verschmierte den Saft, der aus dem Stängel lief, in meiner Handfläche. Nichts passierte, aber war ja möglicherweise gesund. Schrotsägeförmig. Die Blätter waren schrotsägeförmig. Ich rupfte einen ganzen Haufen ab und stopfte sie zu den anderen. Was war eine Schrotsäge? Jede Wette, Pöppen wusste das auch nicht. Der war sowieso doof. In der kommenden Woche wollte er eine Klassenarbeit schreiben lassen. Thema: Blätter und alles, was bisher dran war. Das war so eine seiner Ankündigungen, man musste alles können, was schon dran gewesen war. Voll der Idiot, der wusste doch selber nicht, was schon dran gewesen war. In der letzten Bioarbeit gab es eine Drei, drei Vieren, einundzwanzig Fünfen und neun Sechsen. Thema war: Blätter und alles, was bisher dran war.

»Was, wir haben noch gar keine Blättersammlung gemacht?«, hat er hinterher völlig perplex gefragt, »na, dann wird es aber Zeit!«

Ich rupfte ein paar Blätter von Büschen ab. Verkehrt eiförmige dabei, hatte ich auch noch nicht. Nächste Woche war Abgabe. Trocken würden die sowieso nicht mehr werden. Nass abgeben oder Backofen ausprobieren. Ich setzte mich ins Gras, zündete mir eine an, paffte. Ich nahm den Idiotendrücker, spannte und machte ein Foto von mir selbst mit Zigarette.

Zu Bude-Bauen-Zeiten spielten wir am liebsten bei den Bombentrichtern. Es gab da diese Stelle weiter oben im Wald, wo ein amerikanischer Bomber auf dem Weg nach Kassel seine Ladung abgeworfen hatte. Ist meiner Meinung nach ein feiner Zug von dem Amerikaner gewesen, die Bomben anstatt ins neben's Dorf zu schmeißen. Mein Vater sagte, dass das immer die Flugzeuge gemacht hätten, die getroffen waren, die warfen sofort alles ab und flogen zurück. Der Himmel wäre damals schwarz gewesen von Flugzeugen, brummenden Bombern, und später hätte man die Rauchwolken sehen können, als in Kassel die Spritlager der Wehrmacht getroffen waren, und nachts sah man den Feuerschein am Himmel. Teutschmann war der Auffassung, der Amerikaner habe die Bomben neben das Dorf geschmissen, weil er zu dämlich zum Zielen gewesen wäre. Er sagte: »Die konnten alle nicht zielen, die konnten bloß viel auf'n Haufen schmeißen, mehr nicht.«

Ich stellte mir das jedenfalls aufregend vor, ein Himmel schwarz von Fliegern, aber das gab es nicht mehr, die Düsenjäger, die hier in den Tälern ihre Tiefflugübungen machten, waren immer sofort vorbei.

Wenn in den Wald gehen was brächte, dann wären wohl sicherlich 'n paar mehr Leute hier, oder? Hier war aber keiner! Nur ich! Gefingert, fiederspaltig, handförmig geteilt, dreizählig gefingert, dreizählig gefiedert. Die anderen waren bestimmt alle im Schwimmbad oder in der Stadt, Platten kaufen, oder in der Eisdiele oder beim *Armen Karl* flippern und Billard spielen. Mein Vater sagte letztens, wenn ich anfangen würde, beim *Armen Karl* mit den Kaputten rumzuhängen, mit Rauchen und Trinken anfangen, dann hätte ich von ihm nichts mehr zu erwarten, dann würde er mich in ein Internat irgendwo in der Wallachei stecken oder am besten gleich in die Besserungsanstalt. Die hatte er mir sogar mal gezeigt, beim Sonntags-Spazierenfahren.

»Siehst du das Haus da, mit dem Stacheldrahtzaun, da kommen die hin, die nicht hören wollen.«

Ich rupfte noch ein paar Blätter ab und stopfte sie in meine Umhängetasche, zwecks späterer Untersuchung. Mein Versuch, in Biologie eine Drei zu kriegen, sah aus wie Futter für Stallhasen. An einem Baum war ein Jägerstuhl gebaut. Ich stieg rauf. Ist man oben, guckt man runter, dachte ich. Sonst nichts.

Bald waren Ferien, aber ich wollte nicht in den Schwarzwald. Bloß – wohin? Die würden mich doch niemals alleine zu Hause lassen. Notfalls doch zu Tante Ingelore, auch wenn die auspeitschte. Der Baum war innen hohl. Ich warf die Zigarette rein. Beim Runtersteigen sah ich in den Feldern jemanden laufen, ganz in Weiß, kurze Hose, lief Richtung Schonung. Bei der Hitze laufen. Musste jemand sein, der 'n Rad abhatte. Ich konnte nicht erkennen, wer das war. Dabei erkannte ich die meisten hier auf ein paar hundert Meter. Die Person war an den Roggenfeldern vorbei und fing an, die kleine Tannenschonung zu umkreisen. Das sollten Weihnachtsbäume werden, dabei waren die jetzt schon zu groß. Auch so ein misslungenes Halbbauer-Projekt. Mann, wie blöd, um die Tannenschonung laufen. Ich wollte wissen, wer das war, sprang von der dritten Sprosse und rannte quer durch ein Gerstenfeld Richtung misslungene Weihnachtsbaum-Schonung. Geduckt, weil Anschleichen Spaß machte. Wenn ich was gut konnte, dann anschleichen. Ich bewegte meine Arme wie ein Brustschwimmer, schob die Gerste auseinander. Nur wenige Minuten, und ich war an der Schonung, presste mich in eine Ackerfurche und wartete: ein Mädchen. Sie kam näher. Mein Herz hämmerte. Ich rieb meine Handflächen. Jemandem auflauern war irgendwie spannend. Schau, schau, meine Cousine Corinna. Sie schwitzte, und ihr Vorbau wippte. Wegen ihrer Dinger war sie bei den Jungs ziemlich beliebt, sie hatte nämlich die größten, aber ich sag mal: ein, zwei Jahre noch, dann waren die anderen Mädchen auch so ausgerüstet. Dann würde Corinna nicht mehr so dicke dastehen. Sie lief an mir vorbei, sah mich natürlich nicht, Corinna die Kuh, schnaubte wie'n ... ja, keine Ahnung, hatte ich so auch noch nicht gehört, klang wie in dem Sexfilm, den ich letztens mit Holger und Achim angeguckt hatte. Achim hat sich die ganze Zeit die Hände vors Gesicht gehalten und gegackert. Die Frauen sahen potthässlich aus, und die Männer hatten Bärte und Flecken auf der Haut, und einer sah aus wie Frank Burda und wichste.

Ich sagte: »Holger, das ist doch Frank Burda«, und da schoss der ab, und der ganze Siff landete bei einer von den hässlichen Frauen im Gesicht. Wir ließen den Film kurz rückwärts laufen. Auch nicht schlecht. Holger meinte, das könne nicht der Burda sein, der Film sei norwegisch. Na, und dann die Muschis, also ich hatte ja immer gedacht, dass man ihn vorn reinsteckt und nach hinten schiebt, aber das ging ja von unten nach oben. Am erschreckendsten war allerdings, wie weit der Burdadoppelgänger gespritzt hatte, quer durchs Zimmer. Ich hoffe mal, das war Trick.

Fünf Minuten verstrichen. Zuerst hörte ich Corinnas Gekeuche. Dann sah ich sie, die Augen zu, der Kopf rot. Sie trug ein Schweißaufsaugstirnband und trabte an mir vorbei. Ich sprang aus der Ackerfurche hoch und sagte: »Hallo!«

Corinna bremste, guckte und keuchte: »Bist du total bescheuert, eij!«

»Ich saß hier zufällig!«

»Ich hab mich total erschreckt!«

»'tschuldigung.«

»Hau hier ab, du dämlicher Selbstmörder!« Sie drehte den Kopf weg und lief wieder los.

»Sehe ich tot aus?«

Sie lief langsam, drehte sich nicht um. »Was machst du überhaupt hier?«

»Na, was wohl ...?«

Sie bog um die Ecke. »Ist ja auch egal, interessiert sowieso keinen, was du machst«, rief sie und war hinter den zu großen Weihnachtsbäumen verschwunden.

Ich folgte ihr. »Wie viel läufst du eigentlich auf tausend?«, rief ich. In Wirklichkeit interessierte mich das natürlich überhaupt nicht.

»Hau jetzt ab, eij!«

Ich schoss ein Foto von ihr, von hinten. Sie merkte es nicht. Eigentlich würde ich sie lieber von vorne fotografieren. Corinna trug die Trikothose der Korbballmannschaft. Die war so knapp und so eng, dass sich ihre Spalte abzeichnete. Zu den Spielen der Korbball-Mädchen gingen immer alle hin, aber bestimmt nicht, um zu schauen, wer gewinnt.

»Darf ich neben dir herlaufen – eij?«, rief ich.

»Geh lieber Cowboy und Indianer spielen. Peng, peng, tot.«

»Eij – hast du eigentlich schon alle Blätter zusammen?«

»Ja, aber ich trag die nicht um den Kopf, eij.«

Sie sagte andauernd eij, genau wie die anderen Arschlöcher. Corinna war gut in der Schule, sie schrieb Zweien. Meine Theorie war, dass Leute, die gut in der Schule sind, eigentlich blöd sind, weil sie Sachen lernen, die sie gar nicht wissen wollen.

»Fächerförmig auch?«, fragte ich.

Keine Antwort.

»Ich finde, du siehst gut aus, von hinten!«

»Dann halt mehr Abstand!«

Ich schlug mich seitlich in die Tannenschonung und rannte quer durch. Nadelförmig hatte ich schon. Als ich auf der anderen Seite der Schonung herauspreschte, war ich zehn Meter vor Corinna. Hase und Igel.

»Bin schon da«, sagte ich und wartete drauf, dass sie mich überholte.

»Witzig«, keuchte Corinna.

»Ich finde übrigens nicht, dass du zu dick bist!«

»Ich finde auch nicht, dass ich zu dick bin.«

»Warum läufst du denn dann hier?«

»Aus Spaß!«

»... und warum hier, warum nicht auf dem Sportplatz?«

»Los, komm mit, ich zeig's dir.«

Wir liefen wortlos nebeneinander her, sie das Frotteestirnband um den Kopf und ich die Blätter, aber ihr Gesicht war viel verschwitzter.

»Was hast du in der Tasche?«, fragte sie, und mir war klar, dass sie nur von ihrem Thron runterstieg, weil keiner hier war, außer uns beiden. Wenn ihre Freundin Nicola auftauchen würde oder Brenner oder Schillerlocke oder Holger, würde sie nicht so normal mit mir reden.

»Blätter!«, sagte ich.

»Bio?«

»Ja!«

»Die werden aber nicht mehr trocken bis nächste Woche.«

Ich bekam leichte Seitenstiche, versuchte jedoch, mir nichts anmerken zu lassen.

»Wusstest du, dass im *Felsenkeller* ein Puff ist?«, sagte ich.

»Du erzählst ja Neuigkeiten, eij.«

»Mein ja nur.«

»Warst du schon mal drin?«

»Wieso denn?«

Weit weg, im Ort, schrillte die Sirene der freiwilligen Feuerwehr. Corinna grinste blöd, ich zählte beim Ausatmen.

»Hast du eigentlich schon fiederspaltig?«, fragte Corinna. »Ist selten, aber ich weiß, wo es die gibt.«

Corinna lief direkt auf die Butter zu, so hieß das kleine, sumpfige Waldstück in östlicher Richtung. Früher war da mal ein Märchenwald gewesen. Alles wurde von Wasserkraft betrieben, zum Beispiel Hänsel und Gretel, die endlos die Hexe in den Ofen schoben und lustigerweise wieder herauszogen, Wasserräder, Sägen und so Zeug. Rotkäppchen und der Wolf standen auch irgendwo herum. Ohne Wasserantrieb.

»Zum Feuerlöschteich?«, fragte ich.

»Genau!«

Frösche quakten. Die Sirene im Ort war wieder verstummt.

»Das ist super nach dem Laufen, eij«, sagte Corinna, zog sich aus und stand im Gras. Ihre Brüste standen vom Körper ab wie Torpedos mit Schokoklecks auf der Spitze, gar nicht so hängend wie bei den Frauen in Holgers Sexfilm. Unter ihrer Trikothose trug sie ein Höschen mit Blumenmuster. Sie öffnete die beiden Schnallen des ledernen Stützarmbandes, das sie am Handgelenk trug, und legte es zu T-Shirt und Sporthose. Den Lederriemen um den Hals behielt sie an. Status Quo und Sweet hatte sie mit Kuli aufs Armband gemalt.

»Status Quo finde ich auch ganz gut«, sagte ich.

»Wir sind ja verwandt«, sagte Corinna, zog noch ihren Schlüpfer aus, grinste und sprang ins eisige Wasser. Die Frösche tauchten sofort, Molche schnellten auseinander.

Ich war total erschrocken. Nicht wegen ihrer Nacktheit an sich – Corinna hatte Schamhaare. Ein schwarzes Knäuel, wie eine fertige Frau. Ich hatte kaum welche. Corinna war zwar drei Monate älter als ich, aber mir war auch klar, dass so was niemals in drei Monaten wächst.

»Komm rein«, fiepste sie, »die fiederspaltigen sind auf der Insel, sei kein Frosch, eij, das kühlt einen gut ab.«

»Dann muss ich ja wohl draußen bleiben, wenn ich kein Frosch sein soll.«

»Feigling!«

Unmöglich. Wenn ich mich jetzt auszog, war morgen in der ganzen Schule rum, wie viele Haare ich wo habe, Länge, Dicke, alles wäre dann öffentlich, und wenn ich meine Unterhose anlassen würde, ständ ich auch dumm da.

»Ich hab's mit den Nieren«, sagte ich. Ich hatte es dauernd mit den Nieren, das wusste jeder in der Klasse, »und außerdem habe ich jetzt Hunger, ich fang mir erst mal'n Molch.«

Corinna spuckte Wasser und schaute mich ungläubig an. Ich glaubte auch noch nicht so ganz, zu was ich bereit war, nur um meine Intimsphäre zu wahren.

»Die kann man doch nicht essen«, schrie sie.

»Doch, ist 'ne Delikatesse.«

Keine Delikatesse für Menschen, so viel war klar, auf jeden Fall aber für Enten. Ich hatte mal 'n ganzes Weck-Glas voll von hier mitgenommen und die Molche im Fluss hinter unserem Haus ausgesetzt. Im Nu waren Halbbauers Flugenten da. Ich dachte, Enten fressen nur Blätter, aber Irrtum. Die waren auch Fleischfresser. Haben ganz gierig geschluckt. Innerhalb von fünf Minuten waren alle Molche weg.

»Du spinnst ja wohl total.«

»Nein.«

»Gekocht oder gebraten?«

»Roh!«

Die Enten hatten es schließlich auch überlebt.

»Roh?«

»Yes!«

Corinna paddelte langsam auf mich zu. Scheiße, jetzt hatte ich mir was eingebrockt. Die wollte dabei zusehen. Na ja, war ja logisch, hätte ich auch wollen. Lieber Molch, glaub mir, es ist nicht so gemeint. Ich schnappte mir einen. Einen Kamm-Molch ausgerechnet, mit zusätzlicher Rückenflosse. Er zappelte zwischen meinen Fingern. Eine Zigarre mit Beinchen. Corinna stieg aus dem Wasser. Ihre Torpedos hatten Gänsehaut.

»Wo sind denn jetzt die fiederspaltigen Blätter?«, fragte ich.

»Hol ich gleich!«

Die Frage, die mir keine Ruhe ließ, war, sollte ich vorne oder hinten abbeißen? Ich entschloss mich, mir den Molch rückwärts reinzuschieben und ihn noch ein bisschen vorne rausgucken zu lassen. Ich produzierte mächtig viel Speichel und steckte das Tierchen in den Mund.

»Iiiiiii, ist ja ekelhaft, eij!«

Der Molch bewegte sich. Es kitzelte auf der Zunge. Zum Glück schmeckte er nach nichts – aber ich hatte ja auch noch nicht abgebissen. Irgendwie hoffte ich, dass Corinna mich bitten würde, ihn wieder rauszulassen. Mädchen waren doch im Allgemeinen Tierfreunde.

»Der macht sein Maul auf und zu und verdreht die Augen«, sagte Corinna.

Gut, dass ich das nicht sehen konnte. Corinna griff in meine Umhängetasche, holte den Idiotendrücker raus. *Klick.*

»Los, iss ihn jetzt!«

Da, wo Corinna normalerweise das Lederarmband trug, war ihre Haut ganz hell. Fast so hell wie ihr Busen. Ihr

Schamhaar war pechschwarz und so dicht, dass keine Haut durchschien. Einfach schlucken oder erst durchbeißen? Ich wäre gerne für fünf Minuten eine Ente gewesen.

Motorengeräusch. Direkt hinter Corinna bremste der Kleinlastwagen der freiwilligen Feuerwehr. Ein paar Leute aus dem Ort sprangen raus, brüllten aufgeregt Kommandos. Alle hatten schwarze Helme mit Nackenleder auf. Sie rollten einen Schlauch in den Teich und betankten das Fahrzeug mit Wasser. Ich hatte noch immer den Kamm-Molch im Mund, als Herr Plückhahn uns sah, rüberkam und zu Corinna sagte, dass das, was wir da machten, aber wohl nicht ginge. Herr Plückhahn war der Hauptmann, er hatte einen silbernen Kamm auf dem Helm. Ich fand den Namen Plückhahn plötzlich albern.

»Spuck das aus!«, sagte er.

Ich spuckte den Molch ins Gras. Er flüchtete in den Teich.

»Und die alte Eiche habt ihr wohl auch angezündet, was?«

Ich nahm Corinna die Kamera weg und machte ein Foto von ihr mit der freiwilligen Feuerwehr im Hintergrund.

Filmentwicklung und Abzüge konnte man hier im Ort nur in Harry Kleists Friseursalon machen lassen. Als ich die Bilder abholte, meinte Frau Kleist: »Sind alle was geworden.«

Achim Schnuelle:

Weil der Kilometerzähler kaputt war

Unser Interesse an Soldaten und Manövern ließ irgendwann nach. Gelegentlich schaute man schon mal, wenn die Nacht hell wurde, wenn es knallte, wenn englische Fallschirmjäger landeten, aber im Grunde lachte man, wenn man morgens aus der Tür trat und von ein paar verdreckten Gesichtern aus Erdlöchern raus angeguckt wurde. Man dachte, ich gehe jetzt in die Schule, da sind meine Freunde, und in der 10B sitzt Nicola, wenn ich die ansehe, kriege ich überhaupt nichts mehr geregelt, so süß sieht die aus. Man dachte, ihr armen Idioten, ihr solltet euch sehen.

An einem Mittwochabend saß ich mit Guido im Clubhaus. Holger preschte rein, griff nach der Flasche auf dem Tisch, nahm einen Schluck und sagte, dass sein Alter unerwartet mit der Blaskapelle mitgefahren sei und dass die über Nacht wegbleiben würden. War klar, was das bedeutete.

»Hast du die Schlüssel dabei?«, fragte ich.

»Na logisch.«

Wir tranken aus, lackierten uns den Nagel des linken kleinen Fingers schwarz – wir fanden, dass das im Gegensatz zu früher, als wir immer alle fünf Nägel lackierten, fieser aussah –, luden, wie wir das nannten, unsere Socken, schlossen die Tür ab und latschten zu der Autogarage, die Holgers Vater gemietet hatte.

»Wer fährt?«, fragte ich.

»Egal, oder?«, sagte Holger.

Wir hatten natürlich alle noch keinen Führerschein. Aber wir fuhren nicht zum ersten Mal mit dem Ford Taunus von Holgers Vater. Der Kilometerzähler war im Eimer. Wir mussten lediglich aufpassen, dass nichts passierte. Bis zum *Hexenhaus* waren es knapp zwanzig Kilometer, und man musste nur an zwei Stellen auf der Bundesstraße fahren, insgesamt vielleich vier, fünf Kilometer, aber da war nicht mit Polizei zu rechnen. Richtig gefährlich war eigentlich nur der letzte Kilometer in der Stadt. Den Rest der Strecke konnte man auf Bauern- und Forststraßen zurücklegen. Wegen der vielen Viecher musste man allerdings aufpassen. Bisher hatten wir jedoch bloß Kaninchen überfahren. Die machten dem Auto nichts aus, die konnte man hinterher abputzen.

Holger fuhr. Er sah am ältesten aus, weil er neuerdings einen Schnäuzer hatte.

»Hier abstellen und zu Fuß weiter oder cool vorfahren?«, fragte er, als wir an den ersten Häusern der Stadt vorbeifuhren.

»Cool vorfahren natürlich«, sagte Guido und grinste, ohne sich die Hand vor den Mund zu halten. Er hatte vor zwei Tagen endlich seine feste Klammer rausgekriegt und nutzte seitdem jede sich bietende Gelegenheit, seine Zähne zu blecken.

Wir fuhren langsam am Eingang des *Hexenhauses* vorbei. Die beiden Türsteher, mit Lederjacke und Matte, guckten. Holger grüßte.

»Kennst du die?«

»Nee.«

Wir kurvten ein bisschen auf der sandigen Freifläche neben der Disco rum, Staub aufwirbeln und so weiter. Holger schrie »Scheiße«, jedes Mal wenn der Wagen aufsetzte. Wir parkten zwischen zwei VW-Bussen. In dem einen saß eine Gruppe Kiffer – kiffend. Drinnen spielten sie Rock. Das konnte man draußen schon hören. Ein paar Leute standen rum, rauchend und gut drauf. Wir gingen ziemlich eiskalt durch. Guido und ich mit Sonnenbrillen.

»Und ihr seid schon achtzehn?«, fragte der Türsteher.

»Nee«, sagte Holger, »und der Wagen ist geklaut.«

»Also gut, rein mit euch, ihr Stars.«

»TVP«, sagte Holger, »*Tennessee Valley Project*. Unsere Gang!«

Wir zahlten drei Mark und ließen uns die *Hexenhaus*-Stempel auf die Hände knallen. Tolles Logo, nackte Hexe mit E-Gitarre. Holger zog den Ärmel seines T-Shirts hoch und bekam ihn auf den Oberarm gedonnert. Leider falsch rum.

Der Gang von der Tür zur Diskothek war lang und schmal und blau ausgeleuchtet. Wenn man sich abkühlen musste, stand man da schon mal. Drinnen war es gut gefüllt. Typisch Mittwoch. Holger ging drei Cola kaufen. Den Schnaps zum Reinmixen hatten wir uns ja von zu Hause mitgebracht, weil der uns hier zu teuer war. Jeder pro Bein zwei Flachmänner Rum in der Socke.

Die schärfste Frau im Laden war die Bedienung. Franziska.

»Vergiss es«, meinte Holger, als ich ihr nachschaute.

Mir fiel es eh schwer, eine Frau geil zu finden, die Franziska hieß, weil das irgendwie religiös klang. Immer wenn ich mir vorstellte, es mit Franziska zu machen, erschien ein aus Eis gemeißelter Engel vor meinem inneren Auge. Der DJ spielte *Love Hurts* von Nazareth. Ich schaute in Franziskas Richtung und kreiste auf eine Art, die ich für sexy hielt, mit dem Becken, dachte aber überhaupt nicht an Sex, damit nicht wieder dieser eisige Engel auftauchte.

»Ich stell mich gleich woanders hin«, schnauzte Holger.

»Was ist denn?«

»Du eierst mit deinem Arsch rum wie 'ne Schwulette, das wirft kein gutes Licht auf uns.«

»Echt, sieht das schwul aus?«

»Aber hallo«, sagte Guido, Zähne zeigend.

Ich hörte sofort auf, mich zu bewegen. Schwarzlicht wurde eingeschaltet. Ich betrachtete meine Hände, die plötzlich toll braun aussahen.

»Wie sehen meine Zähne hier in dem Licht aus?«, fragte Guido.

»Wie Zähne«, sagte ich.

Franziska quetschte sich an uns vorbei, um leere Flaschen und Gläser einzusammeln.

»Schätze mal, die ist zwanzig«, flüsterte Holger mir ins Ohr, »für dich müsste die fünf Jahre jünger oder zehn Jahre älter sein.«

Fünf Jahre jünger verstand ich, aber zehn Jahre älter?

»Na, weil junge Männer wie wir geplatzte Adern, Falten um die Augen und Speck auf der Hüfte nicht vordergründig als abtörnende Verfallserscheinung sehen, von der wir uns gleich aus der Ruhe bringen lassen. Wir sind da immer noch gierig genug, um unsere Erektion zu halten.«

Guido zog eine Büchse Cola aus der Jacke und machte unsere Gläser wieder voll, ich goss Rum drauf.

»Und was ist mit Liebe?«, sagte ich.

»Guck dir doch unsere Eltern an, glaubst du, die lieben sich?«

Ich goss mehr Rum in Holgers Glas.

»Hör auf, ich muss noch fahren.«

War zwar nicht komisch, aber wir lachten trotzdem.

Die Musik verschwand ins hinterste Eck meiner Wahrnehmung. Das war nicht der Alkohol. Irgendwas war nicht in Ordnung. Wenn ich mich recht erinnere, lief *La vie en rose* von Grace Jones, als wir feststellten, dass der Schuppen voller Engländer war. Englische Soldaten, obwohl draußen ein *Out-of-Bounds*-Schild drangenagelt war. Turnschuhe,

Jeans, T-Shirt, Kanisterkopf. Soldaten im Freizeitlook. Komischerweise sahen sie darin viel gefährlicher aus als in ihren Kampfanzügen. Alle hatten sie verdammt breite Kreuze, obwohl die meisten sogar kleiner waren als wir, und ich war mir ziemlich sicher, dass zumindest ich noch nicht mal ganz ausgewachsen war.

»Wir sollten uns lieber dünnmachen«, sagte einer, der in meiner unmittelbaren Nähe stand. Er lachte und schaute an sich runter. Er hatte Übergewicht. Leute suchten eilig nach Jacken, standen sich im Weg, schnauzten sich an, drängten zur Tür. Die reinkommenden Soldaten stießen sie beiseite. Einige hatten Baseballschläger dabei.

»Locker bleiben«, sagte Holger, »schätze, die Bullen werden gleich hier sein.«

Ich hatte einmal miterlebt, wie sich die Briten gegenseitig aufs Maul gegeben hatten. Letztes Jahr auf der Kirmes in Minden. Plötzlich war alles voll mit denen, und dann droschen sie mit Knüppeln aufeinander ein. Ich versteckte mich unter einem Karussell, schaute zu, hatte einen Schiss wie in meinem Leben noch nicht und dachte nicht eine Sekunde an Britta, die auch dabei war und genauso Angst hatte. Als die Militärpolizei mit einem Jeep zwischen die Prügelnden fuhr, war das Ganze schnell beendet. Die würden gleich kommen, die von der Militärpolizei.

»Schlage vor, wir gehen auch besser raus«, sagte Holger, nachdem einer der Engländer das Telefon zertrümmert hatte. Einige Mädchen schrien bereits, und einem Typen war offenbar was vor die Gosche gehauen worden, jedenfalls hielt er sich die blutende Nase.

Der schmale, lange Gang, der den Eingang mit dem Tanzraum verband, war rechts und links von Briten gesäumt, die aussahen, als wäre ihnen heute alles scheißegal. Wenn man sie anguckte oder was sagte, kriegte man einen Schlag oder Tritt. Vor mir ging Franziska, Franziska die Göttliche. Sie fassten ihr an Hintern, Brüste und in die Haare. Vermutlich war es mein Glück, dass Franziska vor mir ging, das lenkte die Soldaten von mir ab. Franziska war mein Schutzschild. Wir quetschten uns zwischen den Soldaten durch, die uns musterten und auf Englisch anschnauzten. Ich schwieg und blickte zu Boden. Das schien mir das Sicherste zu sein. Hinter mir ging Guido. Bei Guido war die Aufmerksamkeit der Soldaten wieder da und Ärger darüber, dass Franziska vorbei war. Ich spürte den Windzug, der dem Krachen unmittelbar vorausging, und als ich mich umdrehte, lag Guido auf dem Rücken und blutete wie ein umgekipptes Glas Tomatensaft. Zwei Soldaten packten ihn, rissen ihn hoch und schubsten ihn vorwärts. Seine Arme fielen über meine Schulter. Ich fasste seine Handgelenke und schleppte ihn hinter mir her. Ein Faustschlag traf mich am Kopf, nichts Schlimmes. Ich spürte Guidos Blut in meinem Nacken und stellte fest, dass Franziska nicht mehr vor mir war. Ich dachte: Scheiße, ein Erdbeben, weil sich der Boden zu bewegen schien, musste dann aber feststellen, dass es meine Beine waren, die nicht mehr mitspielen wollten. Ich zitterte. Jemand half mir mit Guido. Es war Franziska. Sie ist eine Gute, dachte ich, sie ist eine Gute. Die beiden Türsteher saßen zusammengeschlagen auf dem Boden. Holger tauchte aus einem Knäuel von Leuten auf. Er blutete aus der Nase, und sein Schnurrbart leitete den Blutstrom um den Mund herum.

»Ich hab auch eins auf die Glocke bekommen«, sagte er und grinste. Wir bewegten uns zum Wagen rüber. Holger hatte Schwierigkeiten, ihn aufzuschließen, aber dann saßen wir endlich drin, in Sicherheit, schlotternd. Wir machten die Knöpfe runter. Keiner gab einen Ton von sich, außer Guido. Der jaulte leise. Von seinen gerichteten Zähnen stand höchstens noch die Hälfte.

»Oh, Alter«, sagte Holger, »zitter ich.«

»Los, wegfahren«, sagte Franziska in leichtem Befehlston. Sie hatte sie bereits gesehen. Es waren vier oder fünf oder mehr, und sie kamen auf den Wagen zu.

»Ich glaube, die meinen uns«, sagte Holger.

Einer der Soldaten klopfte ans Beifahrerfenster und machte mir Zeichen, die Tür zu öffnen. Ich schaute stur geradeaus. »Und jetzt?«, flüsterte ich.

»Na, mach bloß nicht auf«, sagte Franziska.

Ich sah, wie Holger ganz vorsichtig den ersten Gang einlegte. Einer von den Soldaten schlug mit einem Knüppel den Außenspiegel auf der Fahrerseite ab, und ein anderer schlug vorne auf die Motorhaube.

»Scheiße, mein Alter bringt mich um«, winselte Holger.

»Get out of yer fuckin' car«, brüllte einer der Briten.

Holger drehte den Zündschlüssel rum, ließ die Kupplung kommen, gab Vollgas, alles innerhalb einer Sekunde. Der Wagen bockte durch die Soldaten und über sie hinweg, Holger machte Tarzanschrei, wie wir das als Kinder 'ne Zeit lang geübt hatten, und diesmal klang es ganz schön echt. Er knallte mit dem Heck an einen in der Durchfahrt geparkten Opel Kadett, gab Vollgas, Sand wirbelte auf. Als ich mich umdrehte, sah ich, dass sie hinter uns her waren, aber ich sah auch zwei oder drei am Boden liegen, über die waren wir drübergefahren.

»Ihr seid selber schuld, ihr seid selber schuld«, schrie Holger.

Wir waren bereits auf der Straße, drei oder vier von denen liefen hinter uns her, und Holger fuhr immer noch Vollgas im Ersten.

»Schalt doch mal«, brüllte Franziska ihn an, als der erste Knüppelschlag den Kofferraum traf. Wir hängten sie ab.

»Schade um den Kadett«, sagte ich. Holger und Franziska prusteten los.

In der Zeitung stand nichts von Toten, da stand nur klein am Rande *Schlägerei in Disco* und im Text was von fünf Verletzten.

Wir hatten auf dem Rückweg absichtlich einen Baum gestreift, um alles zu vertuschen. Sind etwas zu doll drangefahren. Der Wagen fuhr danach nicht mehr. War merkwürdig, dass die Bullen ausgerechnet auf einem Forstweg Streife fuhren. Wir bekamen auch einen Artikel in der Wochenendausgabe. Mit Bild. *Nächtliche Irrfahrt betrunkener Jugendlicher endete an Straßenbaum* und so weiter. Der Baum musste bezahlt werden. Holgers Vater war natürlich sauer, Auto im Arsch und Versicherung rauf. Als der Baum nach zwei Jahren immer noch Blätter hatte und eigentlich ganz gesund aussah, haben Holger und ich ihn abgesägt. Schließlich war er bezahlt.

Ingo Korf:

Go down, Guido

»Seine Mutter wollte, dass der Sarg offen ist, aber Kreuzmüller hat gesagt, das sei heutzutage nicht mehr üblich«, sagte Holger.

»Ich möchte ihn auch nicht noch nochmal angucken müssen. Mir reicht aus, dass ich weiß, er liegt in der Kiste.«

»Der Kreuzmüller sieht sie alle. Alle, die hier sterben, sieht er als Letzter.«

»Ich hab mich immer schon gefragt, womit der eigentlich Geld verdient. Er hat ja diese Werkstatt, aber da sitzt er höchstens mal Zeitung lesend.«

»Werkstatt – Bestatter ist der; Einmannunternehmen.«

»Tote in Kisten packen wäre kein Job für mich.«

»Früher hat er die Kisten auch gebaut, aber jetzt kommen die aus Polen. Kosten da nur die Hälfte, hat mein Vater gesagt, und der Hochglanz wäre auch besser.«

Die Bäume kämpften mit dem Wind, der warm und schnell war. Gut, dass die Felder rings um den Friedhof noch nicht abgeerntet waren, sonst wäre das heute eine staubige Angelegenheit.

Wir hatten uns hinter einen Grabstein gehockt und rauchten.

»Hast du eine Uhr dabei?«, fragte ich.

»Es geht los, wenn die Glocken läuten. Dann gehen alle rein, das werden wir schon irgendwie mitbekommen.« Holger lugte über den Grabstein hinweg. Sein Anzug war der vom Abschlussball. Auf dem Abschlussball hatte ich Beige getragen. Der Anzug, den ich jetzt trug, war neu. Die Krawatte auch. Extra für heute. Ich sah Holger an und hatte das Gefühl, man sollte das kultivieren mit den schwarzen Anzügen.

»Sind ziemlich viele gekommen.« Holger hockte sich wieder zu mir hinter den Grabstein.

»Wir sehen aus wie die Blues Brothers«, sagte ich.

Dann rauchten wir noch zwei Zigaretten auf dem Grab. Es war das Grab von Elisabeth Johanning, geboren 1893, gestorben 1938. Auch nicht alt geworden, aber immerhin älter als Guido.

»Wie alt willst du mal werden?«, fragte ich.

»Achtzig mindestens.«

»Ich auch. Ich habe keine Lust, mich im Leben zu beeilen.«

»Ich auch nicht, alles in Ruhe auskosten.«

Elisabeth Johanning hatte eine Grabplatte aus schwarzem Marmor, die warm war von den gelegentlichen Sonnenstrahlen.

»Und dann vom Schlag getroffen werden und tot umfallen.«

»Aus heiterem Himmel, ohne Vorwarnung.«

Etwas abseits standen Brenner und Schillerlocke. Dass ausgerechnet die mittragen durften, war eine absolute Sauerei. Arnulf sei zu groß, hieß es, und Sven noch zu jung. Nicola wurde nicht genehmigt. »Mädchen tragen hier keine Särge«, hatte Kreuzmüller gesagt. Ich konnte mir auch nicht erklären, warum Nicola das überhaupt wollte, rangelassen hat sie Guido schließlich nie. War vielleicht doch nur Schau gewesen, die ganze Ablehnung. Mit Brenner hatte sie dann sicher bloß rumgeküsst, um Guido zu provozieren. Konnte ich ja froh sein, dass mir das nicht passiert war.

Wenn Guido gewusst hätte, dass diese Arschgeigen Brenner und Schillerlocke seinen Sarg tragen dürfen, wäre er wahrscheinlich langsamer um die Kurve gefahren. Die beiden sahen in den schwarzen Anzügen aus wie erfolglose Vertreter.

»Zu Guidos Partys ist immer keiner gekommen«, sagte Holger.

»Die waren ja auch meistens Scheiße, dauernd kam seine Mutter rein und fragte, ob alles in Ordnung ist.«

»Meinst du etwa, die sind alle hier, weil sie ein schlechtes Gewissen haben?«

Die zehnten und elften Klassen waren wahrscheinlich vollständiger als im Unterricht und drängten sich vor der Friedhofskapelle. Das Dorf war auch ziemlich komplett. Dann noch die Verwandtschaft von außerhalb. Guidos Oma hatte einen schwarzen, pottartigen Hut mit schwarzer Feder dran auf.

»Ich glaube, die gehen jetzt rein«, sagte Holger.

»Ich höre aber überhaupt keine Glocken.«

»Oder läuten die doch erst, wenn wir aus der Kapelle wieder rauskommen –?«

Der Friedhof wimmelte von Schwarzgekleideten. Alle waren irgendwie gleich, und sogar Willi Kotzolt wirkte zugehörig. Von den Stachowitzen war allerdings keiner da. Das schwarze Gewimmel wurde in die kleine Kapelle eingesogen, ganz allmählich, wie eine dickflüssige Masse, die langsam in einem Abfluss verschwindet. Holger und ich gingen zum Hintereingang. Der Kies knirschte unter unseren hochglänzenden Schuhen mit Ledersohle. Ich spürte die Steine. In der Ferne war der Hang zu sehen, die Villa von Erdmanns. Andreas meinte mal, dass das Erste, was er sähe, wenn er morgens aus seinem Fenster schaute, der Friedhof sei. Er war der Meinung, dass das ganz gut sei, weil man dann nicht Gefahr liefe, der blöden Idee nachzuhängen, das Leben könnte ewig andauern. Leute ohne Blick auf einen Friedhof hätten's schwer im Leben, die würden hoch hinauswollen, wären getrieben, egoistisch, würden rücksichtslos alles platt machen, und die anderen hätten darunter zu leiden. Ich konnte mich nicht sofort dazu durchringen, mich seiner Meinung anzuschließen. Irgendwie hatte ich das Gefühl, er wollte damit seine Ziellosigkeit rechtfertigen. Er wusste nämlich nicht, was er für einen Beruf erlernen sollte.

»Wusstest du eigentlich, dass Guido feuerbestattet werden wollte?« Holger nahm eine Hand voll Kies und siebte ihn in der schwingenden Hand durch seine Finger, bis nur noch ein Steinchen übrig war. Das besah er sich kurz und warf es in hohem Bogen fort.

»Quatsch«, sagte ich.

»Hat er mir mal erzählt. Er hat gesagt, er würde gerne auf einem Stapel Holz in Flammen aufgehen.«

»Was meinst du, wie das riecht, wenn einer verbrannt wird – wie Grillfleisch?«

»Wahrscheinlich nur am Anfang. Wenn ein Kotelett zu brennen anfängt, zieht es einem die Schuhe aus.«

»Guido war ganz schön behämmert.«

»Vielleicht wollte er ja sterben – «

Guido war schon eingesargt gewesen, als Kreuzmüller endlich durchgesetzt hatte, den Sarg geschlossen in die Aussegnungshalle zu fahren. Alle Vorbereitungen waren allerdings erst mal so verlaufen, dass die Möglichkeit bestanden hätte, Guido nochmal anzugucken. Weil er nicht beim Tanzkurs mitgemacht hatte, er wollte in Clogs, und das ging nicht, hatte er keinen Anzug. Ein schwarzer Anzug war also gekauft worden. Und schwarze Schuhe. Er hatte nur Clogs, ein Paar Fußballschuhe und braune Winterstiefel. Eine Leiche musste aber gut angezogen sein.

»Alle sollen ihn nochmal sehen«, hatte Guidos Mutter wieder und wieder gefordert, aber Kreuzmüller hatte immer nur gesagt, Guido sei ein Unfallopfer, und er hätte auch ganz schön was im Gesicht abbekommen. Schließlich sei er frontal gegen eine Hauswand gefahren. Ohne Helm. Trotzdem, eine Visagistin war da gewesen, um Guido zu schminken und ihm den Unterkiefer mit Nylonschnur hochzubinden. Der Sarg war mit einem schwarzen Samtimitat ausgeschlagen, und weil Guido so dünn war und nicht wie Satz am Boden kleben sollte, war er mit alten Telefonbüchern unterfüttert worden. Alles für die Katz.

Manchmal fragte ich mich, ob mich eine Mitschuld traf. Schließlich war es mein Mofa gewesen. Ich hatte es frisiert. Es befand sich bei der Kripo in Bielefeld, sollte dort untersucht werden. Sicher, Guido hatte es einfach genommen, aber die Kiste lief fünfundsechzig, wenn es bergab ging, und es war bergab gegangen.

»Also ich würde gerne in Jeans beerdigt werden«, sagte Holger, »Hose und Jacke; ist schließlich auch eine Art Anzug. Muss man bloß alles schriftlich machen. Rechtzeitig.«

»Was hättest du gerne für Musik zu deiner Beerdigung?«

»Mal angenommen, sie wäre schon bald, *Fly like an Eagle* von Steve Miller. Das stelle ich mir ganz gut vor, auf Orgel. Ein bisschen traurig, ein bisschen nach vorn, und draußen müsste man es auch irgendwie hören können. Stelle ich mir ganz gut vor, wie der Beerdigungszug zum Grab groovt.«

»*Dancing Queen!*«, sagte ich.

»*Highway to Hell!*«

»*Smoke on the Water!*« Wir lachten.

Kreuzmüller schaute aus der kleinen Tür an der Rückseite der Kapelle, suchte uns, sah uns, winkte uns rein und pfiff dabei leicht, als wären wir Hunde in seiner unmittelbaren Nähe.

»Ich habe immer noch keine Glocken gehört.«

»Dann läuten die wohl wirklich, wenn wir wieder rauskommen«, sagte Holger.

Der Wind wirbelte meine Haare durcheinander. Holger trug Pferdeschwanz. Kreuzmüller hatte gesagt, dass man Sargträger, die auf dem Kopf aussähen wie Bären um die Eier, eigentlich nicht zulassen dürfte und dass wir mal drüber nachdenken sollten, ob wir Guido zu Ehren nicht lieber vorher zum Friseur gehen wollten.

»Nee«, habe ich gesagt und dass ich schon langhaarig auf die Welt gekommen sei.

Gut, dass es nicht regnete. Es gab nichts Schlimmeres als Beerdigungen im Regen. Bei meiner Großmutter hatte es geregnet. Vor zwei Jahren. Kalter Regen. Wer keinen schwarzen Schirm hatte, stand ohne am Grab. Ich war total nass, weil wir auch nur einen bunten hatten.

»Einen bunten Schirm kann man nicht aufspannen, bei einer Beerdigung«, sagte meine Mutter. Mann, waren wir nass.

Holger und ich traten durch die niedrige Hintertür in die Kapelle. Die Tür führte in einen kleinen, fensterlosen Raum.

»Also«, sagte Kreuzmüller, »ihr schiebt den Wagen rein, setzt euch auf die reservierten Plätze, und wenn das Palaver vorbei ist, hin, jeder an seinen Platz am Sarg und vorwärts raus.«

Guidos Sarg stand auf einem schmalen, fahrbaren Tisch. Zwei weitere Särge standen am Boden. Keine Ahnung, wer da drinlag. Der Raum war kühl. Eine nackte Glühbirne, maximal fünfundzwanzig Watt, hing an der Decke.

»Du und du«, Kreuzmüller zeigte auf Achim und Andreas, »ihr geht vorn – du«, er schaute Andreas an, »gehst rechts.«

Andreas nickte. Holger und ich sollten in der Mitte gehen. Holger hinter Andreas. Schillerlocke und Brenner hinten.

»Ich hab es oft genug gesagt«, fuhr Kreuzmüller fort, »Andreas, du kommst direkt am Grab an, an der unteren rechten Ecke. Da bleibst du stehen. Du trittst so lange auf der Stelle, bis die anderen mit dem Sarg in Position sind. Du musst standhaft sein wie eine Zirkelspitze, hörst du? Wenn der Sarg genau gerade vor dem Grab ist, bewegt ihr euch gemeinsam Richtung Grabstein. Ihr lasst den Sarg auf die beiden Bretter runter, dann kurzes Palaver vom Pastor, dann nehmt ihr zwei Vorderen und ihr zwei Hinteren die Seilenden. Den Sarg leicht anheben. Du, Holger, nimmst dann das vordere Brett weg, du, Ingo, das hintere. Capito?«

Alle nickten.

»Langsam runterlassen und gleichmäßig, nicht dass der sich verkantet. Wo das Grab ist und wie man dahin kommt, wisst ihr auch?«

»Ja«, sagte Andreas.

Wir postierten uns um den Sargwagen. Es gab Pläne, die Wege auf dem Friedhof zu asphaltieren. Auf dem Kies konnte man den Wagen nicht benutzen. Er war lediglich dazu gedacht, den Sarg die paar Meter in die Aussegnungshalle zu fahren.

»Guten Tag, alles so weit in Ordnung hier?« Der Pastor kam rein, einen Zigarillo rauchend. Er sah sich in dem kargen Raum nach einem Aschenbecher oder einem Mülleimer um, fand nichts dergleichen, ging zur Tür zurück und warf den glimmenden Zigarillo auf den weißen Kies. Der Pastor war nicht von hier. Vertretung. Unserer lag im Krankenhaus. Was mit der Bauchspeicheldrüse. Der Vertretungspfarrer öffnete seine Aktentasche, holte ein schwarzes Gewand raus und zog es sich über den Kopf. Er zupfte alles zurecht, wie eine Frau. »Kann ich so gehen?«

Nicken.

»Und noch was«, sagte Kreuzmüller, »schreiten, wir haben es nicht eilig, nicht mehr, und Guido Baumann schon gar nicht.«

Der Vertretungspastor überflog seine Rede. Drinnen fing die Musik zu spielen an. Nichts Hitverdächtiges. Trotzdem, ganz niedliche Melodie.

»Ernst gucken und los.« Kreuzmüller öffnete das Portal zur Aussegnungshalle, und wir schoben ab.

Die Halle war voll. Wir kamen mit dem Sarg kaum durch. Unsere reservierten Plätze waren besetzt. Irgendwelche Klapprigen. Hauptsache, der Pastor redete nicht so lang. Die ganze Zeit still stehen war nämlich nicht einfach. Noch während die Musik spielte, kam der Pastor von hinten. Er quetschte sich durch die Menge und an uns vorbei Richtung Rednerpult, das von Kränzen und Blumengestecken eingerahmt war. Er kam nicht durch, ohne was umzuwerfen. In seinem Gesicht war deutlich »Idioten!« zu lesen. Vermutlich fühlte er sich sabotiert. Man nahm hier zu so einer großen Beerdigung nur ungern eine Vertretung. Es hatte sogar Pläne gegeben, Guidos Begräbnis zu verschieben.

»Ich fahre aber nächste Woche in Urlaub«, hatte Kreuzmüller gesagt. »Ohne mich kommt hier keiner ins Loch.«

Mein Vater meinte mal, dass in der Zeit, wo der Kreuzmüller seine drei Wochen Ruhpolding macht, noch nie einer abgezwitschert wäre.

Gut, dass die Orgel noch spielte, sonst hätte man gehört, dass der Pastor fluchte, während er sich mit seinem Talar in einem der Blumengestecke verhedderte. Guido hätte das sicher alles ziemlich ulkig gefunden.

Eine Zeit lang haben wir uns einen Spaß draus gemacht, nach Einbruch der Dunkelheit Blumen aus den Vorgärten zu klauen und Salat draus zu machen. Wir fanden raus, dass Tulpenblüten durchaus genießbar waren. Unser Pastor war Tulpenzüchter. Ums Pfarrhaus rum sah es aus wie in den Niederlanden. Guido hatte dort mal alle Tulpenköpfe abgeerntet. Hat er über zwei Stunden für gebraucht. Waren mehrere Tüten voll. Salat haben wir dann aber gar nicht draus gemacht. Wir haben die einfach vor die Kirchentür geschüttet. Die Tulpenbeete sahen vielleicht aus. Es wurde erzählt, der Pastor habe sogar Tränen in den Augen gehabt. Nachweisen konnten die uns jedenfalls nichts.

Die Musik endete. Der Vertretungspastor begann mit dem Beerdigungsritus.

»Liebe Familie Baumann, liebe Trauergäste, tieftraurig nehmen wir Abschied von ...«

Schluchzen und Heulen auf allen Kanälen. Ich bekam nur Fetzen der Rede mit. Guido schien darin ziemlich über den grünen Klee gelobt zu werden. Vermutlich lag es daran, dass der Pfarrer Guido nicht kannte, dass er seinen Namen die ganze Zeit falsch aussprach. Nicht Gido, sondern »Gu-ido«, wie man es schreibt. Ich dachte die ganze Zeit, hier wird jemand anderes beerdigt, und so ging mir alles am Arsch vorbei.

»... dies ist nicht das Ende – dies ist nur die Wende. Amen.«

Die Musik setzte wieder ein, und das Geheule trat etwas in den Hintergrund. *Gewaltsam aus dem Leben gerissen,* las ich auf der Schleife eines Kranzes. Kreuzmüller machte uns Zeichen, dass wir jetzt dran wären. Es war ziemlich eng. Wir hätten den Sarg rückwärts reinschieben sollen, dachte ich, drehen war hier nicht möglich. Oder war der Sarg rückwärts drin? Ich sah Holger an, ich sah Brenner und Schillerlocke an, Achim und Andreas. Andreas zeigte zur Flügeltür und nickte, wir sahen uns alle an. Fragend. Die Trauergäste standen und starrten ebenfalls uns an. Wir hatten hier offenbar so was wie das Kommando. Wir nickten uns zu, in einer Art, die bedeutete: Wir kriegen es hin, man wächst an seinen Aufgaben oder so. Wir hoben die Kiste hoch, die trotz der Telefonbücher leichter war, als ich erwartet hatte, und dann gingen wir einfach raus. Kreuzmüller verdrehte die Augen, bewegte überdeutlich seine Lippen. Ich konnte aber die Worte, die er lautlos sprach, nicht entschlüsseln, und dann konnte ich ihn auch nicht mehr sehen. Guidos Sarg versperrte mir die Sicht. Achim und Andreas sollten vorn gehen, plötzlich gingen aber Brenner und Schillerlocke vorn.

»Wo lang?«, flüsterte Schillerlocke.

Ich hatte mir schon so was gedacht. Der hatte natürlich überhaupt nicht mitgekriegt, wo das Grab war und, jede Wette, Brenner auch nicht. Achim und Andreas kannten den Weg, die gingen aber hinten. Auch der Platz vor der Kapelle war ziemlich gefüllt, hatten nicht alle reingepasst. Die Menge teilte sich wie das Rote Meer, als wir rauskamen. Der Aushilfspfarrer und der Baumann-Clan waren knapp hinter uns.

»Wo lang?«, flüsterte Schillerlocke, diesmal mit etwas mehr Nachdruck .

Ich war mit Holger rauchen gewesen, als die das besprochen hatten. Ich drehte meinen Kopf ein wenig zu Achim, der hinter mir ging, und gab die Frage weiter.

»Übernächste rechts!«, flüsterte er zurück.

Ich gab's weiter und moserte Schillerlocke bei der Gelegenheit leise an: »Streck dich mal ein bisschen, Zwerg.« Der war eigentlich viel zu niedrig für den Job. Henning hätten wir gerne dabeigehabt, aber der kam ja gar nicht mehr den Berg runter. Wenn man ihn anrief, war meistens seine Mutter dran. »Der badet« oder »Der duscht«, sagte sie immer. Es ging das Gerücht um, dass Henning unter Waschzwang litt und stündlich unter Wasser musste, um nicht duchzudrehen. Vermutlich hatten wir ihm zu oft gesagt, dass er nicht gut riecht.

Außer Kreuzmüller hatte noch niemand bemerkt, dass der Sarg falsch rum war. Erkennen konnte man das auch nur an dem aufgeschraubten Kreuz. Wir trugen Guido mit den Füßen voran. In irgendeinem Blueslied hatte ich mal aufgeschnappt, dass es gut ist, mit den Füßen voran abzugehen, aber hier bei uns war es üblich, mit dem Kopf voran getragen zu werden. Warum auch immer. Verbrennen war schon eine sichere Sache. Asche hatte keine Richtung.

Aus dem Augenwinkel sah ich Kreuzmüller in einiger Entfernung zwischen den Gräbern herumhüpfen. Geduckt, weil er von den Trauergästen nicht gesehen werden wollte. Sonderbares Zeug gestikulierte er sich zusammen, Handbewegungen, die wie umdrehen oder was auch immer aussahen. Schillerlocke interpretierte alles falsch. Keine Ahnung, ob er dachte, ich wollte ihn reinlegen; doofheitsbedingtes Misstrauen. Jedenfalls bogen wir plötzlich mit aller Gewalt links ab. Kreuzmüller stand starr, mit offenem Mund. Links war falsch.

»Kleiner Abstecher, oder was?«, hörte ich Andreas von schräg hinten.

»Schillerlocke, das war ja wohl nix«, raunzte ich stimmbandlos.

»Hast du denn nicht Kreuzmüller gesehen?«

»Sehen und Verstehen, Schillerlocke, Sehen und Verstehen.«

Ich lauschte dem Geräusch, das die Menschenmenge auf dem Kiesweg verursachte.

Vermutlich war es das erste und letzte Mal, dass Mitschüler einen der ihren zu Grabe tragen durften. Der Ältestenrat der Kirche hatte über unseren Wunsch extra abstimmen müssen. Dem Antrag war mit nur einer Stimme Vorsprung stattgegeben worden. Jetzt, wo wir falsch abgebogen waren, würden die, die für uns gestimmt hatten, zu schwitzen anfangen. Und ich wette, sie waren alle hier.

Nicht wegen Guido, sie waren hier, weil sie sehen wollten, wie es ist, wenn Sechzehnjährige einen Sarg tragen. Wenigstens die Hälfte von denen. Die andere Hälfte teilte sich auf in Leute, die tatsächlich wegen Guido gekommen waren, sagen wir dreißig Prozent; in Leute, die kamen, damit man ihnen hinterher nicht nachsagen konnte, sie wären nicht da gewesen, zwanzig Prozent; in Leute, die da waren, weil ein junger Mensch gestorben war, was ihnen irgendwie gegen den Strich ging, und in Leute, die sowieso zu jeder Beerdigung gingen, sei es, weil sie morbide veranlagt waren oder gelangweilt oder weil sie Hunger hatten auf Plattenkuchen und sich hinterher unter die engere Auswahl der Beerdigungsgesellschaft mischen wollten. Ergo: Die meisten waren eigentlich wegen uns hier.

»Am Ende rechts und gleich wieder rechts«, gab ich Schillerlocke zu verstehen.

Wir beschrieben die Form einer Haarnadelkurve. Zwischen uns und dem uns folgenden Trauerzug, der uns jetzt entgegenkam, erstreckte sich eine Reihe älterer Gräber, die sicher in nächster Zeit eingeebnet werden würden. Einige hatten inzwischen gemerkt, dass wir falsch marschierten und guckten entsprechend. Ein paar von den Jüngeren nahmen die Abkürzung über die Gräber und waren plötzlich weiter vorn.

»Hier sind mindestens zweihunderfünfzig Leute«, hörte ich Holger von der anderen Sargseite. Klar, dass auch er das Bad in der Menge genoss.

»Lass uns da vorn links abbiegen und zwischen den Tannen durch«, sagte plötzlich Achim.

»Warum?«

»Warum nicht?«

Wir bogen links ab.

Es war erstaunlich, wie endlos man einen Trauerzug in die Irre führen konnte. Die Anwesenheit eines Toten schien jeglichen Einspruchswillen und jede Form von Protest gar nicht erst aufkommen zu lassen. Wir kamen auf dem Friedhof rum wie noch nie zuvor. Kurzes Leben, langer Trauermarsch. Als uns die nachfolgenden Trauergäste mal wieder entgegenkamen, wir waren gerade ums Kriegerdenkmal rum, zeigte mir Nicola einen Vogel. Ich machte einen Kussmund zurück. Anschließend blickte ich zu Boden, weil ich Kichern musste. Kichern passte hier nicht her. Der Pastor räusperte sich. Frau Teutschmann, die ganz am Ende des Zuges ging, hatte fünfzig Meter Trauergäste querfeldein überholt und war jetzt direkt hinter dem baumannschen Familien-Clan. Kreuzmüller guckte aus einer Buchsbaumhecke.

»Jungs«, sagte er, als wir sehr dicht dran vorbeischritten, »hört sofort mit der Polonaise auf.«

»Da drüben ist ein offenes Grab«, meldete Schillerlocke.

»Hin!«, befahl ich.

Einen Sarg muss man genau gerade von hinten über das ausgehobene Grab tragen. Wir kamen von schräg rechts, über eine mit Rasen eingesäte Freifläche, wo die Gräber der nächsten Toten angelegt werden würden. Weil Brenner nicht um eine Sargecke denken konnte, wählte er den direkten Weg, kaum, dass er das Loch ausgemacht hatte, und weil er so ein Kraftesel war, zog er uns alle mit.

»Manno«, zischte Schillerlocke, trat auf eines der Bretter, die über die Grube gelegt waren, um den Sarg draufzustellen, federte und machte einen leichten Satz. Ich traf das Brett leider nicht, tauchte kurz ins Grab ab, mich mit einer Hand am Sarg festhaltend, mit der anderen auf den Grabrand abstützend. Ich spürte, wie mir Achim von hinten an den Hosenbund griff und mich hochzog. Der Knopf an meiner Hose riss ab, der Reißverschluss ging auf. Keine gute Qualität.

»Guido soll da rein«, sagte Andreas.

Schillerlocke fluchte dümmlich. Der Vertretungspastor bekreuzigte sich. Als ich abgerutscht war, hatte ich einen stechenden Schmerz gespürt. Irgendwas war mit meinem Rücken passiert. Ich hatte das Gefühl, dass ich nahezu steif war. Beim Absetzen des Sarges hielt ich mich einfach raus. Ich hielt meine Hose fest, zog den Reißverschluss zu, stopfte den Hosenbund in meine Unterhose, schloss den unteren Knopf meines Jacketts. Hexenschuss. Ich hatte davon gehört, wie sich so was anfühlt. Das hier musste einer sein. Er bescherte mir ein unangenehm heißes Gefühl von den Nieren bis runter in die Oberschenkel.

»Ich will hier weg«, wimmerte ich. Mein Gesicht spiegelte sich in dem hochglänzenden polnischen Sarg. Schmerzverzerrte Verzweiflung, die selbst die Gesichtsausdrücke von Guidos nächsten Angehörigen in den Schatten stellte.

»Holger, du musst beide Bretter wegnehmen«, flüsterte ich über den Sarg hinweg, »ich kann mich nicht mehr bücken.«

Er nickte. Brenner, Schillerlocke, Achim und Andreas hoben den Sarg mit den dafür vorgesehenen Seilen hoch. Holger zog erst das eine, dann das andere Brett weg. Dann wurde der Sarg heruntergelassen. Der Pastor schaute stechend, den Mund gespitzt wie zum Gift spucken. Wir hatten sein Gebet vergessen. Wieder raufholen war nicht drin. Steif, wie ich war, versuchte ich, unauffällig außer Sichtweite zu schreiten. Den Sarg hatten wir auch nicht mehr gedreht. Guido lag mit dem Kopf am Fußende. Ich beobachtete, wie Holger einen dicken Brocken Erde auf das Kreuz in der Mitte des Sarges kickte. Treffer. Er zwinkerte mir zu.

Der Pastor sprach sein Gebet: »*Gott, dir ist es eigen, allzeit Erbarmen und Schonung zu üben; darum flehen wir in Demut zu dir für die Seele deines Dieners Guido* (er sprach es wieder falsch aus) *Baumann, die du aus dieser Welt hast scheiden lassen. Übergib sie nicht den Händen des Feindes, und vergiss sie nicht für immer, sondern lass die heiligen Engel ihr entgegeneilen und sie zur Heimat des Paradieses geleiten; sie hat ja auf dich gehofft und an dich geglaubt; drum möge sie nicht die Strafen des Jenseits erdulden, sondern die ewigen Freuden genießen.*«

Offizielles Erdeschmeißen fing an. Wenn alle, die da waren, was reinschaufelten, würde das Grab hinterher voll sein. Ich ging vorsichtig auf eine Hecke zu, denn ich verspürte das dringende Bedürfnis, meinen Rücken zu massieren. Hinter der Hecke standen ein Rüttler und ein kleiner Bagger bereit. Mit deren Hilfe würden die Totengräber später das Grab füllen und dann verdichten. Ich fühlte mich an Straßenbau erinnert. Anschließend die Kränze und das ganze Grünzeug draufschichten, kurz nach Verwelken wieder runter.

Hinter der Kapelle lungerten zwei Typen in Blaumännern rum. Die würden das sicher gleich erledigen. Der eine blickte auf seine Uhr. Vermutlich rechnete er, ob es für 'ne Überstunde reichen würde.

Guido lag in einem Eichensarg. Eichensärge brechen erst nach zehn Jahren ein. Wenn ein Sarg einbrach, sackte die Bepflanzung ab. Bei einem Fichtensarg konnte das schon nach zwei Jahren passieren. Dann mussten die Gärtner ran, oder die Angehörigen. Die Gräber sahen hier aus, wie die Häuser in der Siedlung. Die Steine oben spitz wie Dächer und davor Blumenbeete. Ich rieb meinen Rücken. In der Traueranzeige hatte eigentlich gestanden: *Von Beileidsbekundungen am Grab bitten wir Abstand zu nehmen.* Hatte wohl keiner gelesen, denn drüben war jetzt das große Herzliches-Beileid-Händeschütteln im Gange. Man konnte das Weinen von Frau Baumann deutlich hören. Der

Wind hatte nachgelassen. Der Wind ließ immer gegen vier nach, und wenn es um elf regnete, regnete es den ganzen Tag. Ich lehnte mich an den Bagger. Als der Trauerzug sich Richtung Gemeindehaus aufzumachen begann, hängte ich mich in einigem Abstand hinten dran. Kreuzmüller machte die anderen zur Minna. Mann, war ich steif. Kuchenessen konnte ich wohl vergessen. Hatte ich auch keine Lust drauf. Streuselkuchen und Butterkuchen gab's zu Beerdigungen. Grundsätzlich. Und die Nachbarinnen von Baumanns hatten schon Kaffee gekocht und in Thermoskannen mit Pumpmechanismus bereitgestellt. Kuchenessen konnte ich auch zu Hause. Auf dem Parkplatz standen Diana und Rocker Petersen aus Hamburg. Diana kletterte gerade in den Beiwagen von Petersens BMW. Ihr Bauch war schon ganz schön dick. Vorsichtig ging ich rüber. Das letzte Mal hatte ich Diana und den Rocker im letzten Herbst gesehen. Sie kamen mir entgegen. Im Wald, Hand in Hand. Als sie mich sahen, hatte Diana Petersens Hand losgelassen. »Hi«, hat sie gesagt, und der Petersen hatte Schmiere im Gesicht. Diana hat total verwuselt ausgesehen. War mir klar, was da gelaufen war, trotz der Kälte.

»Der Kreuzmüller hat vergessen, das Glockenläuten einzustellen«, sagte Diana, als sie mich sah. »Baumanns waren sauer.«

Rocker Herr Petersen setzte seinen Helm auf. Er sagte erst mal gar nichts. Sollen ja schweigsam sein, die aus dem Norden.

»Warum seid ihr denn kreuz und quer über den Friedhof gelaufen?«

»Wir haben das Grab gesucht.«

»Hat Kreuzmüller euch nicht gesagt, wo das ist?«

»Mir nicht!«

»Er hat erzählt, der Wind hätte das Geläut weggetragen, er jedenfalls hätte das Läutwerk auf halb vier gestellt.«

»Wohnst du jetzt in Hamburg?«
»Ja.«
»Nicht schlecht.«
»Warum stehste denn so steif?«, fragte Petersen.
»Hexenschuss.«
»Hau dich hinten drauf, wir fahren dich rum.«

War mühselig, zu Hause die Treppen raufzukommen. Einen Gitarrenverstärker hatte ich nicht. Ich steckte eine Kassette in den Radiorecorder, schaltete auf Aufnahme, steckte das Gitarrenkabel mit dem fünfpoligen Adapter in die Buchse auf der Rückseite, nahm die E-Gitarre, drehte auf. Ich spielte *Smoke on the Water*. Damit fing ich immer an. Vermutlich weil Holger mir das gezeigt hatte, als er mir die Gitarre verkaufte. Dann sang ich:

»*You'll not get lost in the wilderness, let my people go.*
With a lighted candle in your breast, let my people go.
Go down, Guido, way down in Egypt's land ...«

Ich hörte Klopfen. Mein Alter mit dem Besenstiel, von unten an die Decke. War schon 'ne Delle drin.

»Hör mit dem Krach auf«, brüllte er, »ich will meine Ruhe haben.«

Ich trank zwei Wassergläser voll Apfelkorn. Davon ließen die Rückenschmerzen nach.

»Jetzt ins Bett«, lallte ich.

Irgendwann wurde ich wach. Glockengeläut mitten in der Nacht. Ich schaute auf die Uhr. Kurz nach halb vier. Kreuzmüller – Idiot!

Achim Schnuelle:

Tauben 97

»Und?«, fragte Holger.

»Und was?«

»Willst du den Kasten behalten oder verscheuern?«

»Weiß ich noch nicht.«

»Warum räumst du dann das ganze Haus leer?«

Konnte ich nicht beantworten. Kam ja vor, dass man sich entschieden hatte, ehe es einem bewusst war.

Wir gingen die neu angelegte Straße entlang. Ich war bestimmt acht, zehn Jahre nicht mehr hier gewesen. Prima Ziel, dachte ich beim Anblick der dicht an dicht stehenden Häuser. Vom Zersiedeln, einem Konzept der fünfziger Jahre, also dem, was man aus den Bombenangriffen der Alliierten gelernt hatte, war man längst wieder abgerückt. Schien so, als fühlten sich hier alle ziemlich sicher. Wo früher Gärten und Freiflächen gewesen waren, hatten sie saubere Einfamilienhäuser hochgezogen. Und sogar Halbbauers Wiesen waren zum überwiegenden Teil in Bauland umgewandelt worden. Wenn man das hier sah, konnte man sich gar nicht erklären, wieso die Baubranche eigentlich permanent in der Krise steckte.

»Da wohnt die Tochter vom Plückhahn«, Holger zeigte auf ein Haus, das in Plückhahns ehemaligem Garten stand. »Mit ihrem Kind.«

»Als ich hier weg bin, war die vielleicht vierzehn.«

»Haben hier einige gemacht, im Garten der Eltern ein Haus gebaut. Nicola zum Beispiel.«

Zu den Eltern in den Garten ziehen. Mein lieber Herr Gesangverein. »Was kriegt man denn hier so für ein Haus?«, wollte ich wissen.

»Kennst ja die drei Kriterien für den Preis von Immobilien.«

»Nee ... welche?«

»Erstens die Lage, zweitens die Lage und drittens die Lage.«

»Haha.«

Leute begegneten uns – Jugendliche –, grüßten uns. Mein Vater hatte mal erzählt, wie er in den vierziger Jahren mit seinem Bruder nach Detmold gelaufen war, dreißig Kilometer, und dann haben sie dort jeden, der ihnen auf der Straße begegnet ist, gegrüßt. »Juten Tach.«

Irgendwann hat sie einer gefragt, was der Scheiß soll, da haben sie geantwortet, ihr Vater hätte gesagt, sie sollen jeden Erwachsenen grüßen, der ihnen begegnet, und das würden sie auch so machen.

Ich blickte den Jugendlichen kurz hinterher. »Wohnen die hier?«, fragte ich.

»Schätze schon!«

»Wenn ich wieder hierher ziehen würde, wäre das wie neu anfangen, ich würde niemanden kennen, was?«

»Wenige«, sagte Holger.

»... also die Lage ist ausschlaggebend?«

»Richtig!«

»Wie ist denn die Lage hier so zu bewerten?«

»Na ja –«

Na ja, das hieß vermutlich so viel wie: Reibach ist hier nicht zu machen. War ja auch weder Fisch noch Fleisch, längst nicht mehr Dorf, aber Stadt war es auch nicht.

Tauben kreisten. Wenn ich eins mit Bestimmtheit sagen kann, dann, dass in jeder Siedlung, in der ich gewesen bin, irgendwann Tauben auftauchten und Runden drehten. Den ganzen Tag, mal höher, mal tiefer.

»Was macht eigentlich deine kleine Schwester?«, fragte Holger.

Mir war klar, worauf er hinauswollte.

»Keine Ahnung«, sagte ich, »ist nach Amerika, arbeitet bei einer Versicherungsgesellschaft. Hab nie mehr was von ihr gehört.«

»Auch jetzt nicht, wo deine Eltern ... die erbt das doch auch, die ...?«

»Sie wurde zwar ausfindig gemacht, in Chicago ...«

»Hey, Chicago, dann ist die ja richtig groß rausgekommen.«

»... aber irgendein Anwalt regelt den ganzen Erbschaftsscheiß für sie.«

»Ein Anwalt, ach so.«

Jemand beobachtete uns durch eine Gardine. Seine Silhouette zeichnete sich klar vor dem Licht ab, das durch ein anderes Fenster auf die Wand hinter ihm fiel. Ich winkte ihm zu. Glotzer.

»Immerhin Chicago – wo wohnst du eigentlich?«, fragte Holger.

»Dresden ... jedenfalls zurzeit.«

»Heilige Scheiße, Dunkeldeutschland. Wegen 'ner Frau etwa? Was anderes soll da doch nicht zu holen sein.«

»Wegen 'ner Frau würde ich nirgendwo mehr hingehen.«

»Schlechte Erfahrungen gemacht, was? Hättest vielleicht doch bei Britta bleiben sollen.«

»Ach Quatsch.«

»Ist mit Norbert Kotzolt verheiratet«, sagte Holger.

»Was, Britta mit Schamane Norbert – Norro? Neulich, beim Pferderennen in Hamburg, habe ich auf ein Pferd mit Namen Norro gesetzt, dachte, mach ich einfach mal, fünfzig Mark. Der Gaul hat vielleicht versagt, war die ganze Zeit Letzter. Die ganze Zeit.«

»Weil er nicht die Brücke fegen wollte, hat er gesagt, hätte er das gemacht.«

Brücke fegen musste man, wenn man mit dreißig noch nicht verheiratet war. Das waren vielleicht Sachzwänge hier.

Da waren sie wieder, die Tauben, diesmal tiefer, mit ihrem unverwechselbaren Fluggeräusch. Tauben sind hier schon früher immer im Kreis geflogen, aber keine Ahnung, wo eigentlich der Taubenschlag war.

»Hast du eine Ahnung, wem die Tauben gehören?«, fragte ich.

»Freising«, sagte Holger.

Oberhalb von Baumanns waren lauter Holzhäuser gebaut worden.

»Klein-Norwegen, was?«

»Macht man jetzt wieder.«

Eine Hütte sah vielleicht aus. Lila Dachpfannen. »Wohnt da die Frauenbeauftragte der Gemeindeverwaltung?«

Holger lachte. »Weißt du noch, als damals dieses Lehrerehepaar in Halbbauers Leibzucht eingezogen ist?«

»Ja, die haben als Erstes die alten Holzfenster chromgelb gestrichen. Da war vielleicht was los hier. Nach einem Jahr hatten die Nachbarn die beiden wieder weggeekelt, und Halbbauer hatte angefangen, die Fenster zu weißen, noch während die Möbelpacker die Klotten raustrugen.«

»Du könntest es als Wochenendhaus nutzen«, sagte Holger, und es klang so halbherzig, wie es gemeint war.

»Super Gegend für ein Wochenendhaus.«

»Oder vermieten, aber ich sage dir: Mieter, die nicht kontrolliert werden, machen Ärger, kannst du mir glauben, ich war lange genug einer.«

Die Volksbank hatte mir das beste Angebot gemacht,

wäre akzeptabel, wollte ich hier wohnen und in der Rollstuhlfirma arbeiten wie die meisten anderen. Never go back home again. War irgendein Ami, der das von sich gegeben hatte. Ich glaube, der hatte Recht.

»Und du willst jetzt mein Haus kaufen?«

Holger grinste verlegen.

Wusste ich es doch.

»Liegt im Bereich des Denkbaren«, antwortete er.

Wir gingen eine weitere neu angelegte Straße entlang. Rechts und links große Klinkerbauten mit Carport. Alles eingekreist von Lebensbaumhecken. Lebensbaumhecken waren verdammt angesagt. Lebensbaumhecken und Engelstrompeten in großen Kübeln, irgendwo im Eingangsbereich. Jägerzäune waren aus der Mode. Gladiolen auch.

»Hast du das von Schillerlocke und Brenner mitbekommen?«, wechselte Holger das Thema, »war sogar in den überregionalen Zeitungen ...«

»Ingo hat ja immer erzählt, die ständen auf seiner Abschussliste ganz oben«, witzelte ich, »hat er sie endlich kaltgemacht?«

»Besser, die haben versucht, eine Bank zu überfallen. In Lemgo. Dumme Regionalbanditen. Ihr Plan war, direkt reinzugehen, morgens, wenn die Bank öffnet. Aber blöd, wie sie sind, waren sie eine halbe Stunde zu früh da, dachten, die macht um acht auf, und weil sie richtig blöd sind, haben sie ihre Pudelmützen mit Augenschlitzen abgenommen, eine geraucht und brav in der kleinen Einkaufspassage gewartet. Dummerweise lief die Videoüberwachung des Eingangs rund um die Uhr. Fünf vor halb neun waren die verhaftet. In der *Lippischen Landesschau* war ein schönes Foto von den zweien. Schillerlocke hat sich hinterher 'nen Vollbart wachsen lassen.«

Ich lachte.

»Ja, geil, Alter, lach mal«, freute sich Holger.

»Lass uns wieder umkehren«, sagte ich, »ich will weiter das Haus entrümpeln.« Ich machte auf dem Absatz kehrt.

»Fällt dir nichts auf?« Holger schaute Richtung Erdmannvilla.

»Unser Clubhaus ...?« Einen Moment lang hatte ich diesen Geruch in der Nase, kalter Rauch, in den Flaschen vergammelte Bierreste, ein Hauch von Kaninchenstall – der war da drin gewesen, bevor wir damals rein sind –

»Abgerissen, Neubau. Sven wohnt da!«

»Auch keinen Respekt, der Scheißer.« Die Rosenbohm fiel mir ein. War ja eigentlich klar gewesen, dass die nicht für uns strippen würde.

»Holger –«, ich blieb stehen, sah ihm in die Augen, »zweihunderttausend will ich.«

»Poh – keine Heizung, nur Nachtspeicher –, Asbestmühlen auch noch, undichte Dachfenster, und die Balken auf der Wetterseite ... mein lieber Scholli. Muss ich dir mehr sagen?«

»Ich verkaufe sowieso nicht gerne an jemanden, den ich kenne.«

»Du könntest es, wann immer dir danach ist, von innen angucken.«

»Spinnst du, ich will doch nicht *dich* in meinem alten Zimmer sitzen sehen.«

»Ist dann ja auch nicht mehr deins. Außerdem soll es das Kinderzimmer werden.«

»Weißt du eigentlich, dass wir immer hinten in dein Radio reingekotzt haben?«

»Ach, Kotze war das –«

Schon wieder die Tauben. Ich versuchte, sie zu zählen.

»Etwa fünfzig«, sagte Holger.

»In der Stadt werden sie von den meisten gehasst«, sagte ich und zielte Richtung Himmel.

»Da haben sie beste Bedingungen«, sagte Holger, »schließlich stammen die Tauben bei uns in Europa letzten Endes alle von den afrikanischen Felsentauben ab.«

»Wie bitte?«

»Es gibt bestimmt zwei-, dreihundert verschiedene Taubenarten in Europa, die alle von den Felsentauben abstammen.«

»Bist du besoffen?«

Ich erinnerte mich plötzlich an diese Ankündigungen in der *Lippischen Landesschau*. Unter *Was ist los in der Region* stand da manchmal: Der Taubenzüchterverein trifft sich da und da oder so was.

»Es geht darum, schöne Federkleider zu züchten. Farbe und Zeichnung.«

»Sag mal ...«

»Persische Hochflieger, Usbekische Flugtümmler, Englische Short Faced, Huhntauben, Türkentauben, Doppelkuppige Positurtümmler, Strukturtauben ... Die kann man alle kreuzen, und ich sag dir, es ist total spannend, auf den Nachwuchs zu warten und dann zu sehen, was dabei herausgekommen ist, das ist wie ... ein Gemälde herstellen.«

»Herstellen lassen«, sagte ich abfällig und ging etwas schneller.

»Hast du schon mal vom Almond-Gen gehört?«

»Natürlich nicht.«

»Wir haben da gerade Ärger mit staatlichen Stellen, Pseudo-Tierschützern, die wollen uns verbieten, Almond-Tauben zu verpaaren, aber Almond-Tauben machen halt diesen wunderschönen mandelgelben Grundton. Würden zu viele Krüppel bei herauskommen, sagen die, aber ich sag mal, selbst in einem gut geführten Taubenschlag gibt es so was wie Seitensprünge und freie Liebe.«

»Du züchtest verkrüppelte Tauben.«

»Quatsch, das ist alles Schikane, eine Behauptung von Leuten, die nichts davon verstehen.«

Holger ein Taubenfreak. Ich glaub es nicht.

Warum sollte man hier leben? Tradition? Auch wenn die ersten Siedler vor tausend Jahren herkamen, die haben das doch nicht getan, weil es ihnen hier gefallen hat, sondern wegen des Wassers. Hier waren überall Quellen. Sie siedelten entlang dieses Gewässers da unten, das etwas größer als ein Bach, aber kleiner als ein Fluss war. Nennen wir es Flüsschen, auch wenn das zu niedlich klingt, so wie es jetzt aussieht, begradigt. Und ums Wasser ging's denen auch bloß indirekt. Nur wegen Wasser andauernd Nebel und die Sicht verstellt durch die Hänge. Kaum Sonne. Rheuma. Das Vieh war der Grund. Eine Kuh säuft sechzig Liter Wasser am Tag. Zehn Kühe saufen sechshundert Liter, zehn Kühe war Minimum. Wer sollte das Wasser tragen? Gab ja auch noch andere Sachen zu tun. Bequemlichkeit war also der Grund, ausgerechnet hier zu siedeln. Dieser Ort war gut für Kühe, für sonst niemanden.

»Holger, was willst du eigentlich hier?«

»Ich gehör hier irgendwie her!«

Die Tauben flogen ziemlich tief über uns hinweg. Ich fragte mich, ob sie Holger kannten, und musste an diese Persiflage auf Hitchcocks *Die Vögel* denken, da wurde ein Mann in einem Park von Tauben beschissen.

»Ich geh mal rein«, sagte ich, als wir vor dem Haus meiner Eltern standen. Auf dem Hof stand der Container mit Sperrmüll. Holger griff nach einem schlaffen alten Fußball.

»Ist gerade Sportfest«, sagte er »heute Abend ist Tanz. Ich hole dich um acht ab.«

»Okay«, sagte ich.

»Vor zwei Jahren habe ich da Ingo getroffen. Ich glaube,

der wollte ein bisschen in Erinnerungen ... na, du weißt schon.«

Ich betrat das leere Haus. Um sechs wollte jemand kommen, die Wohnzimmerschrankwand und die Couchgarnitur abholen. Einen Teil meiner Vergangenheit hatte ich bereits verkauft. Ein Teil lag draußen im Container. Die Handtasche meiner Mutter, Schlangenlederimitat. Das Buch, das ich mir besorgt hatte, um es in der achten Klasse im Deutschunterricht vorzustellen, *Die verlorene Ehre der Katharina Blum*. Erinnerungen können ganz schön hinderlich sein. Meinen Rucksack aus der ersten Klasse hatte ich gestern Nicola geschenkt, für Wanda-Rebecca, ihre kleine Tochter.

Auf geht's, Alter. Ich schleppte alte Teppiche in die Mulde.

»Was ist denn hier los«, sagte ich belustigt, »sind die alle bekloppt geworden?«

»Wieso, ist halt mal was anderes.«

Eigentlich hatte ich damit gerechnet, dass sich auf dem Sportfest nichts geändert hätte. Irrtum. Das Sportfest lief unter dem Motto *Asien*. Es gab Kirin-Bier aus Japan, Reisschnaps, Lycheewein. Statt Bratwurst Sojabohnenkeimlinge mit Nudeln und Huhn, Reispfanne statt Grillfleisch.

An Frank Burda waren die Jahre auch nicht gerade spurlos vorübergegangen. Er hatte Krampfadern. Obendrein gab es eine Kampfkunstvorführung der Jugendgruppe, die er leitete. Höhepunktmäßig haute Frank Burda Brettchen durch, aber ich wurde das Gefühl nicht los, dass ich das auch irgendwie geschafft hätte.

Fußball gab's keinen.

Die Blaskapelle war durch einen Plattenaufleger ersetzt worden, der sich *DJ-Katastrophe* nannte und angeblich der

Abräumer hier in der Gegend war. Die Turnerinnen machten Jazztanz und Aerobic in chinesischen Kostümen, die Tresenkräfte trugen Reispflückerhüte.

»Nächstes Jahr ist Russland dran«, sagte Holger.

Dran. Das traf den Nagel auf den Kopf. Nelkenheini war Hochkultur gewesen gegen das, was sich hier abspielte.

Holger fasste einer älteren, verheiratet aussehenden Frau an den Hintern. »Hallo, mein Täubchen.«

Sie quiekte: »Oh, du Schlimmer«, und drängte sich zwischen die Verrückten, die zu *DJ-Katastrophes* Dorfbums-Techno-plus-Schlager zappelten.

»Frauen, die nur geil sind, redet man sich intelligent, und Frauen, die nur intelligent sind, redet man sich geil, wobei Letzteres wesentlich schwieriger zu bewerkstelligen ist«, sagte Holger und grinste mich an.

Man bekommt, was einem zusteht, dachte ich. Von mir aus soll er auf dem Dachboden auch einen Taubenschlag einrichten.

»Holger, ich weiß zwar nicht genau warum, aber ich denke, wir kommen ins Geschäft.«